Silence et goût de miel

Adresses des diffuseurs :

En Suisse   Diffusion Ouverture
              En Budron H20
              1052 Le Mont-sur-Lausanne
              Tél. + 41 (0) 21 652 16 77
              Fax + 41 (0) 21 652 99 02
              Courriel : ouverture@bluewin.ch

En France   Le Livre Ouvert
              Véronique et Michel
              de Williencourt
              10190 Mesnil St-Loup
              Tél. + 33 (03) 25 404 769
              Fax + 33 (03) 25 406 418

Paru sous le titre :
Silence and Honey Cakes, The wisdom of the Desert par - Lion Hudson PLC -International Righits Manager - Mayfield House - 256, Banbury Road - Oxford OX 27 DH - England

Traduit de l'anglais par Anne-Marie Décrevel et Lisette Gay

Compilation des notes en français par le frère Daniel Attinger de la Fraternité de Bose à Jérusalem

Rowan Williams
Archevêque de Canterbury

Préface par Enzo Bianchi
Prieur de Bose

Silence et goût de miel
Sagesse des Pères et Mères du désert

Illustrations hors-texte
de Michel Perrenoud

Préface

à l'édition italienne par Enzo Bianchi, Prieur de Bose

J'ai fait la connaissance de l'archevêque Rowan au moment où il achevait la rédaction de ces pages. Il venait d'être nommé archevêque de Canterbury et allait être intronisé quelques semaines plus tard. Je connaissais déjà ses écrits théologiques et spirituels d'une grande densité. J'avais commencé à les faire traduire car je savais l'estime dont il jouissait dans les milieux du dialogue œcuménique, en particulier avec l'Église orthodoxe russe. Je ne fus donc aucunement étonné lorsque j'appris que, pour la première fois dans l'histoire de l'Église d'Angleterre et de la Communion anglicane, un évêque gallois d'à peine cinquante ans avait été appelé à succéder à Augustin et Anselme de Canterbury, à Thomas Becket et, plus près de nous, à Michael Ramsey, dont le ministère avait tant contribué au rapprochement entre Canterbury et Rome.

L'archevêque Rowan cherchait un lieu à l'écart, un 'désert' éloigné des urgences administratives et à l'abri de la curiosité rarement discrète des médias. Il voulait passer quelques jours de silence et de méditation seul, sans sa famille, pour se préparer à la liturgie de son intronisation. Des amis communs lui indiquèrent Bose comme un lieu favorable ; il accueillit la proposition qui allait lui permettre à la fois de rencontrer notre réalité de plus près et de répondre à l'invitation que nous lui avions adressée lorsqu'il était encore archevêque de Cardiff. Chaque année au début du mois de janvier, ma communauté suspend temporairement l'accueil et consacre quelques jours au conseil annuel; c'est un temps de silence, de prière, qui débouche sur l'échange entre frères et sœurs autour des thématiques fondamentales de notre vie: la relecture de ce qui a été vécu durant l'année écoulée, le sens et l'orientation à donner à la vie quotidienne et aux activités de l'année à venir. Ce fut donc dans ce climat naturel de recueillement, de prière et de discernement de la volonté de Dieu que ma communauté put partager une semaine avec Rowan Williams, durant laquelle la rareté des moments de conversation que nous eûmes enrichit la qualité de l'échange et en approfondit le contenu.

J'en vins ainsi à connaître, avec mes frères et mes sœurs, un chrétien profondément enraciné dans l'Écriture et les écrits des pères de l'Église indivise, un pasteur capable de trouver, dans la richesse multiforme de l'Église des premiers siècles, des clés de lecture et des intuitions théologiques extrêmement précieuses pour rassembler dans l'unité et la charité cette partie du peuple de Dieu que l'Esprit avait confiée à son ministère pastoral. Quelques semaines plus tard, dans le cadre solennel de la cathédrale de Canterbury, je ne fus pas surpris par la vigueur de l'homélie que le nouveau primat prononça; dans l'assemblée était présent le premier ministre prêt à engager son pays dans une guerre qui échappait au droit international. Le théologien gallois, qui avait autrefois défendu une thèse universitaire sur le concept de 'guerre juste' chez les pères de l'Église, prenait possession du lieu-symbole de son ministère de primat alors que sa nation vivait l'un des moments les plus difficiles des cinquante dernières années. La franche détermination qui l'animait n'était pas inconscience, mais, comme il l'avait appris précisément des pères du désert, certitude qu'«exercer un rôle public dans l'Église implique de se trouver dans la fournaise de l'action divine qui unit terre et ciel.»

Du reste, il me semble que cet évêque du XXIe siècle, marié et père de deux enfants, partage une même qualité spirituelle avec les moines du désert des IVe et Ve siècles, ces simples laïcs qui s'étaient soustraits au monde en se réfugiant dans l'unique lieu sur lequel les puissants n'avaient aucun intérêt à exercer leur domination. Cette qualité commune consiste en l'autorité qui vient de leur enracinement dans la Parole de Dieu contenue dans les Écritures et dans le corps cosmique de l'Église en pèlerinage sur la terre. Si autrefois des hommes et des femmes de toute classe sociale affrontaient le rude chemin vers le désert pour demander 'une parole' à un père spirituel expérimenté, c'était parce qu'ils sentaient que 'cette parole' – mais parfois un simple silence, un geste prophétique ou un verset biblique qu'ils avaient maintes fois entendu sans jamais vraiment l'écouter – était chargée d'*auctoritas,* une parole capable de 'faire agir', une parole-événement capable de transformer une existence.

Aujourd'hui aussi, dans l'Église, et de manière encore plus évidente dans une communion ecclésiale comme la Communion anglicane, il ne suffit pas d'être investi officiellement d'un rôle d'autorité pour acquérir l'autorité ; d'ailleurs, pour le ministère de présidence dans une communauté, le Seigneur lui-même n'a pas laissé à ses disciples des normes mondaines : « Vous le savez, ceux qu'on regarde comme les chefs des nations les tiennent sous leur pouvoir et les grands sous leur domination. Il n'en est pas ainsi parmi vous. Au contraire, si quelqu'un veut être le premier parmi vous, qu'il soit l'esclave de tous » (Marc 10.42-44). Voilà sur quoi se fonde l'autorité du chrétien : sur une parole faite chair « non pour être servi mais pour servir et donner sa vie en rançon pour la multitude » (Marc 10.45).

Relire la sagesse des pères du désert, en étant guidé par la compréhension de l'archevêque Rowan, signifie parcourir à nouveau les étapes essentielles de notre vie d'humains et de chrétiens. Ainsi comprenons-nous par exemple la complémentarité qui existe entre la ' fuite ', à pratiquer constamment, et ' la stabilité '. La première ne nous éloigne jamais d'une prétendue folie du monde, mais de ce que la mentalité du monde nous entraîne à accomplir quand nous lui sommes soumis; la stabilité, quant à elle, consiste à rester fermement attaché à la réalité de l'ici et maintenant, à un lieu et à une situation bien précis, sans céder aux leurres de l'irréalité, qui, elle, apparaît toujours plus fascinante parce qu'elle n'est ' pas tenue d'obéir aux lois de cause à effet '. Comme les pères du désert, l'archevêque Rowan ne craint pas d'aller à contre-courant quand il lui semble que l'Évangile l'exige. Qu'on relise à ce propos les pages sublimes où il nous avertit, à travers les paroles d'Isidore le Prêtre, que «de toutes les suggestions mauvaises, la plus terrible est de suivre son propre cœur». Oui, dans une société où l'invitation à «suivre ce que te dit ton cœur» fait partie de la sagesse populaire ordinaire, les pères et les mères du désert, et Rowan Williams avec eux, nous rappellent combien il est important d'ouvrir notre cœur à un père spirituel, pour qu'il nous aide à discerner les pensées qui nous habitent: «Dieu seul, observe l'archevêque Rowan, me révélera qui je suis réellement, et il ne pourra le faire qu'au cours de ma vie tout entière, si j'apporte progressivement en sa présence mes pensées et mes désirs profonds, sans crainte ni fraude».

Il ne s'agit pas d'imiter les pères du désert. «Les imiter», me disait un jour Matta el-Maskine, père spirituel du monastère de Saint-Macaire en Égypte, «signifierait les trahir». Il s'agit plutôt, comme l'avait pressenti avec lucidité Thomas Merton, «d'être aussi radicaux qu'eux dans notre détermination à briser toutes les chaînes spirituelles, à rejeter la domination des contraintes extérieures, à trouver notre moi véritable, à découvrir et développer notre inaliénable liberté spirituelle et à l'utiliser pour l'édification, ici sur la terre, de la seigneurie authentique de Dieu», ou, selon l'expression de l'archevêque Rowan, à «créer l'espace nécessaire pour que l'autre découvre son lien avec Dieu».

Oui, ces pages sont adaptées à tout chrétien, à quiconque cherche le sens de son existence, parce qu'elles parlent à chacun dans sa dimension de personne vivant avec le prochain, quel que soit le «désert» dans lequel sa vie se déroule. Ce livre constitue un de ces «lieux» dont chacun de nous a un profond besoin: «Non pas un lieu aride, dont l'austérité même susciterait de la distraction, ni un lieu agréable, dont le confort nous éloignerait de l'ici et maintenant, mais simplement un endroit où nous poser pour vivre en amitié avec nous-mêmes devant Dieu».

Conclusion de la Semaine de prière pour l'unité des chrétiens
Bose, le 25 janvier 2006

Enzo Bianchi, prieur de Bose
(Traduction de l'italien par Matthias Wirz)

À frère Enzo
et à la Communauté de Bose

Introduction

C'est au début du IIIe siècle qu'apparaît le monachisme chrétien dans les déserts d'Égypte. Sa croissance et son expansion en font un phénomène extraordinaire. J'en parle au présent car, comme Rowan Williams le montre bien dans son exposé, ce mouvement exceptionnel de sagesse nous accompagne encore aujourd'hui. Il est peut-être difficile d'en saisir tout le sens, mais si son pouvoir de fascination touche même ceux qui ne partagent pas la foi des Pères et des Mères du désert, alors le simple fait d'en comprendre quelques éléments enrichira et stimulera notre conscience spirituelle.

La singularité de cette vie monastique, bien qu'issue d'un monde infiniment éloigné et différent du nôtre, peut receler pour notre société un secret qui n'a aucun équivalent dans notre monde économique, sociologique, politique ou religieux. La sagesse du désert enseigne davantage qu'elle ne prêche. Son autorité est empirique, non théorique. Il en résulte un phénomène qui surprendra beaucoup de nos contemporains déçus par l'institutionnalisme religieux, à savoir une communauté de croyants saisis par l'absolu de l'expérience de Dieu, animés d'un désir sans faille de s'unir à lui, néanmoins humbles et capables d'humour, et surtout dénués de jugement face à ceux qui croient et pratiquent différemment d'eux.

Comme le décrit avec finesse Rowan Williams, les enseignants du désert étaient des *individus* fascinants. Ils valorisaient et recherchaient la solitude, mais ils étaient aussi des *personnes* ancrées dans un réseau bien concret de relations communautaires. La persécution des chrétiens par Decius explique partiellement quand et pourquoi les moines quittèrent les régions habitées et fertiles du delta du Nil pour s'établir, dans un premier temps, dans ce 'désert extérieur' si inhospitalier. Mais lorsque la persécution prit fin, les moines y restèrent et pénétrèrent même encore plus avant dans le 'désert profond', comme ils le nommaient. Ils renoncèrent au monde socio-économique, à la vie de famille, aussi radicalement que des *sannyasis*, ces mendiants de la tradition hindoue. Par contre, leurs collections de sentences, qui constituent l'essence de leur enseignement parvenu jusqu'à nous, ne témoignent d'aucune misanthropie ni d'aucune haine du monde. Il s'agissait pour eux de renoncer et non de rejeter, d'avoir la passion de l'absolu et non d'être intolérants ou fondamentalistes, et encore moins de pratiquer l'auto-justification. Car les moines du désert craignaient par-dessus tout l'orgueil, ce piège si familier aux religieux. Ils savaient que céder à ce péché contredirait leur témoignage. Aussi, pour échapper à une renommée qui commença très tôt à les poursuivre, ils cherchèrent un désert toujours plus profond. A première vue ces hommes et ces femmes correspondaient fort mal aux critères de réussite du monde qu'ils avaient quitté. Mais si on regarde à leur foi, aujourd'hui encore leur authenticité et leur simplicité nous touchent et forcent notre admiration.

Ces moines étaient des battants, non des déserteurs, des pèlerins, non des touristes. Si leur expérience a surgi dans cet environnement-là, c'est peut-être bien parce que religion et géographie ont des points communs. Dans aucun autre pays le désert n'est aussi proche des contrées habitées; la 'brousse' et le 'désert' n'y sont pas des abstractions comme ils peuvent l'être ailleurs. Pour l'Égyptien, le désert est toujours présent et le contraste entre son sable stérile et la riche terre noire de la vallée du Nil toujours aussi spectaculaire. Hérodote a été le premier à commenter la nature profondément pieuse du peuple égyptien pour qui la vérité religieuse était à la fois la plus commune et la plus élevée des valeurs. Cette situation géographique ajoutée à la passion du religieux avait déjà été à l'origine du conflit entre Osiris et Horus, dieux de la vie, et Seth, dieu de l'opposition et de la négation. Les Pères et les Mères du désert ont repris à leur compte, mais avec l'arme nouvelle de la foi en la puissance et la réalité du Christ, ce combat ancien dont l'acte principal se joue dans le cœur humain.

À la suite de Saint Antoine, leur pionnier légendaire, ils pénétrèrent toujours plus avant dans le désert et formèrent les centres érémitiques de Nitrie, des Cellules et de Sceté. À la fin du IVe siècle, les plus vieux se plaignaient du trop grand nombre de moines: selon une estimation, 5'000 rien qu'à Nitrie et 600 dans les Cellules encore plus éloignées. Pèlerins, chercheurs de Dieu ou voyageurs défilaient, certains en véritables parasites, d'autres vraiment désireux de se mettre à l'école des moines et de perpétuer la lignée. L'un de ces visiteurs resta durant 20 ans! Ce jeune homme venait d'une région de l'actuelle Roumanie et se nommait Jean Cassien. Au début du Ve siècle, il retourna en Europe où il établit, à Marseille, une communauté monastique d'hommes et de femmes. Les valeurs du monachisme du désert avaient alors déjà atteint la côte ouest de l'Irlande, principalement grâce à l'influence des collections des 'sentences des Pères' (qui s'apparentent parfois de façon frappante aux histoires zen) et à leur mise en pratique.

À la demande d'un évêque local, inquiété par l'indiscipline de l'aventure monastique – mouvement laïc encore indompté –, Cassien entreprit de présenter méthodiquement les enseignements de la sagesse du désert, ce qui aboutit à sa grande œuvre *Les Conférences des Pères*. Une génération plus tard Saint Benoît, qui avait lui-même commencé sa vie monastique sur le modèle du Désert, recommanda dans sa Règle la lecture quotidienne des *Conférences* pendant les repas. C'est ainsi que par étapes et par liens divers, la pensée des pionniers spirituels du désert égyptien pénétra profondément la mentalité et la culture de la société occidentale. Le monachisme qu'ils ont inspiré, et que Saint Benoît a organisé et adapté aux conditions occidentales, est devenu une force majeure de développement de la civilisation européenne. À travers le Haut Moyen Âge qui suivit l'effondrement de Rome et de sa superpuissance inégalée, la Règle de Benoît inspira et soutint une forme de vie alternative. C'était une vie de dur labeur: les communautés, autonomes économiquement, demeuraient conscientes de leurs responsabilités envers le monde extérieur, tout en pratiquant, à l'exemple des Pères du désert, une forme de détachement évangélique radical. La vie bénédictine, que Rowan Williams a aussi enseignée, était elle-même une énergie civilisatrice qui agissait par la force contagieuse de l'exemple plutôt que par l'imposition de l'uniformité. Pourquoi la vie bénédictine était-elle si attrayante et si influente? Sans doute parce qu'elle a compris que l'homme a besoin de paix, et qu'il la recherche dans tout style de vie promettant le développement continu de la personnalité. Devenir saint – ou s'accomplir, comme on préfère le dire aujourd'hui – demande un certain degré de paix intérieure et extérieure qui respecte les exigences du corps, de l'âme et de l'esprit, exigences parfois incompatibles, mais pas forcément contradictoires. La condition préalable à cette paix ou à cette harmonie est un mode de vie ordonné et un bon usage du temps. Benoît se concentre avec clarté et profondeur sur cette vie communautaire qui respecte les différences tout en contrôlant l'ego et en gérant le temps de manière réaliste autour de sa priorité centrale, la prière.

La Règle a peut-être 'sauvé la civilisation', mais, comme le pensait Benoît, elle reste le tout début d'un voyage spirituel. Il ne perdait jamais de vue l'idéal des Pères du désert: extérieurement le moine, après des années passées au monastère, devait évoluer vers une forme de solitude; intérieurement, sa prière devait devenir de plus en plus 'pure', centrée sur le silence du cœur, une prière moins tournée vers des images, des concepts mentaux ou des rituels extérieurs. Dans son processus d'institutionnalisation, le monachisme occidental l'a oublié. Alors, inévitablement, l'institution s'est fossilisée ou sclérosée et son immense influence politique et économique s'est effondrée. Au XVIᵉ siècle, aucune communauté monastique anglaise n'a pu empêcher sa propre dissolution ni son appropriation par l'État. Aujourd'hui, le mouvement monastique se perpétue, souvent sans bien savoir pourquoi, ni comment il devrait se relier au monde. Les jours ardents vécus au désert égyptien continuent de faire l'objet d'études, mais paraissent très archaïques à la plupart des moines. Par manque de vocations, bien des monastères ont dû fermer ou se redimensionner. Et pourtant, on ne peut que s'émerveiller qu'ils soient encore là pour témoigner, parfois à leur propre étonnement, de la flamme inextinguible de l'archétype monastique inscrit au cœur de l'homme et que Benoît a résumé comme 'la recherche de Dieu'.

En 1969, John Main, moine bénédictin irlandais, traversait un temps difficile. Suite à un conflit dans sa communauté londonienne, il avait été envoyé dans un monastère aux États-Unis. Devenu directeur d'école, il fut durement confronté à la révolution culturelle en cours, dont il tira aussi des leçons. Un jour un jeune étudiant, une sorte de Cassien de l'époque moderne, se présenta à sa porte pour lui demander de l'initier au mysticisme chrétien. Cet événement conduisit John Main à relire Cassien, non plus en vue de passer des examens, mais pour trouver des réponses à la soif contemporaine de spiritualité. *Les Conférences des Pères* prouvèrent alors l'actualité de leur mystérieuse et inaltérable force d'inspiration. Dans la

Dixième Conférence, intitulée: *De la prière*, il découvrit ce qu'était la source rayonnante de la spiritualité du désert, une clé oubliée de la prière du cœur. Dans cet exposé, Cassien traite de la pratique de la prière et de ses difficultés concrètes, dont la plus grande, qui est aussi la racine de toutes les autres, se trouve être la distraction. Le remède qu'il préconise est tout simplement une pratique de méditation consistant à répéter dans la foi une formule ou un mantra. John Main eut conscience de découvrir une perle de l'enseignement spirituel. Plus que la *lectio* ou la lecture de l'Écriture, plus que l'exercice du silence intérieur, il observa que c'était une discipline spirituelle, une sorte d'ascèse nécessaire à la transformation durable et profonde de celui qui prie. Sa propre formation à la méditation, faite en Asie avant qu'il soit moine, lui permit de reconnaître le sens et la valeur spécifiques des recommandations de Cassien. Il découvrit ensuite le fil conducteur de cet enseignement à travers toute la tradition chrétienne.

Ainsi fut semée la graine d'une Communauté Mondiale de Méditants Chrétiens[1]. Ou plutôt, celle-ci germa du semis fertile de la sagesse du désert. Comme un Père du désert autrefois attirait des disciples en s'adonnant simplement à la méditation, une communauté naquit autour des enseignements de John Main. Le schéma est toujours le même et cette similarité donne à la sagesse du désert d'être encore aujourd'hui rafraîchissante et pertinente. Mais la forme qu'elle revêt est différente et le phénomène qui en résulte dépasse le contexte local. Il n'y a plus de Nitrie ni de Scété. Mais, à travers la pratique de la méditation chrétienne, la sagesse du désert a donné naissance à une communauté globale qui reflète la 'nouvelle sainteté' du monde actuel. Aujourd'hui, la vie des moines chrétiens se présente sous un nouveau jour. Certains vivent en monastères traditionnels, mais ce n'est pas le cas pour la majorité.

---

[1] *The World Community for Christian Meditation*

Beaucoup arrivent à intégrer ce qui autrefois paraissait irré-conciliable: une pratique spirituelle profonde avec l'amour conjugal, la solitude avec l'engagement social.

La recherche actuelle de sainteté doit prendre en compte l'extension de la mentalité humaine à une communion multi-culturelle et, évidemment, interreligieuse. Et c'est là un défi d'importance pour le christianisme contemporain: ou bien il doit envisager le futur avec le courage et la foi des anciens moines, qui, renonçant au dieu de leur imaginaire, s'engageaient toujours plus avant au cœur du désert afin de trouver le vrai Dieu; ou alors... quelle alternative sinon celle d'enfouir sa tête dans le sable? En effet, les religions n'ont qu'un seul choix: opter pour une foi plus profonde ou pour un fondamentalisme toujours plus superficiel. C'est aussi fondamental que le com-bat d'Osiris et de Seth, ou celui des Pères du désert aux prises avec leurs propres craintes et désirs. Comme Rowan Williams nous le montre, c'est aussi notre combat personnel et notre choix de tous les jours.

Ce qui a conduit Rowan Williams à développer une amitié avec la Communauté Mondiale des Méditants Chrétiens et à lui accorder son soutien, l'a aussi conduit à mener un sémi-naire 'John Main 2001' à Sydney en Australie. Ce livre, basé sur ces conférences, est une contribution importante au renou-veau et à l'expansion de la pensée chrétienne actuelle. Il dévoile la perception prophétique de l'Archevêque de Canterbury, à savoir qu'une chose mène toujours à une autre et qu'en remontant à l'origine de l'expérience, nous décou-vrons la direction dans laquelle il nous faut avancer.

Laurence Freeman OSB
Directeur de *The World*
Community for Christian Meditation
www.wccm.org

Chapitre 1

Le prochain

Mon chemin de vie et de mort

La vie et la mort dépendent de notre prochain. En effet, si nous gagnons notre frère, nous gagnons Dieu, mais si nous scandalisons notre frère, nous péchons contre le Christ.

Tel un phare, cette citation éclaire tous les textes des grands auteurs monastiques des IVe et Ve siècles. Elle évoque l'impossibilité d'envisager ce qu'on nomme 'la vie spirituelle' – contemplation ou méditation – en dehors d'un lien concret à la vie communautaire, celle du Corps du Christ.

L'intimité avec Dieu vécue dans la contemplation est à la fois le fruit et le moyen d'un 'vivre-ensemble' renouvelé. Dans ces méditations sur l'héritage transmis par les moines du désert, j'espère examiner comment ils concevaient cette vie en commun, découvrir l'émergence de leur contemplation et voir où elle les entraînait. De cette manière, nous qui cherchons Dieu dans la prière et dans la vie commune, nous apprendrons où trouver à notre tour les sources du renouvellement de notre communauté.

Le danger qui nous guette toujours, c'est de considérer la vie spirituelle comme un sujet à part. Cette façon de voir pourrait nous séduire tant les relations humaines sont souvent compliquées, décevantes, voire peu édifiantes. Les autres, dans leur réalité concrète, rendent tellement plus difficile l'accès à la spiritualité, – elle que nous imaginons trouver en entretenant un lien émotionnel et gratifiant avec 'la vérité et l'amour éternels'! Les moines du désert ont un message décapant pour nous: la relation avec 'la vérité et l'amour éternels' n'existe tout simplement pas sans que nous travaillions à nos relations avec Pierre, Jacques ou Jeanne. Notre manière de vivre en vérité et dans l'amour est liée à notre manière de vivre notre proximité avec nos frères et sœurs en humanité.

À première vue, il semble que le mouvement monastique ait surtout consisté à éviter les compromis liés à la présence des autres. Nous nous arrêterons plus loin sur l'expression 'fuir' les autres, très fréquente dans les écrits du désert. Nous verrons aussi que l'émergence du monachisme est liée à l'inquiétude d'un nombre croissant de chrétiens, confrontés à la corruption et à la sécularisation gagnant leur Église. Les premiers moines et moniales ont rejoint les communautés du désert parce qu'ils n'étaient pas convaincus que l'Église, dans son témoignage 'ordinaire', manifestait assez clairement son identité. Ils voulaient connaître la réalité de l'Église, autrement dit faire l'expérience de ce que devient réellement l'humanité au contact de Dieu par Jésus Christ. La littérature des premières générations d'ascètes du désert rapporte, à partir de ce 'laboratoire de l'Esprit', non seulement leur expérience de prière, mais aussi leur compréhension de l'humanité, de la vie, de la mort et des relations avec le prochain.

La vie et la mort dépendent de notre prochain. En effet, si nous gagnons notre frère, nous gagnons Dieu, mais si nous scandalisons notre frère, nous péchons contre le Christ.[2]

---

[2] Alph. Antoine 9, p. 21. Cette sentence lui est aussi attribuée par Athanase dans sa *Vie de Saint Antoine* 67, ce qui confirme l'authenticité de cette tradition. Cf. Athanase d'Alexandrie, *Vie d'Antoine*. Collection 'Sources chrétiennes' 400, Paris, Éditions du Cerf, 1994.

Cette sentence provient d'une parole d'Antoine le Grand, le premier et le plus influent des maîtres monastiques chrétiens. Elle peut être comparée à des textes écrits une génération plus tard sous le nom de Moïse le Noir, un personnage que nous retrouverons plus loin. D'un tempérament plutôt débordant, ce fut l'une des personnalités les plus vivantes du monde monastique ancien. Beaucoup d'histoires font mention de son enseignement et de son exemple parfois un peu excentriques. Éthiopien, voleur de grands chemins converti, cet homme était doté d'un physique tout aussi démesuré que son caractère. Sa tombe peut encore être visitée près du monastère de Baramous dans le désert, à l'ouest du Caire, indice de l'extraordinaire pérennité que de tels sites mettent à notre portée.

On attribue à Moïse un ensemble de paroles sur la vie monastique sous forme de brefs 'chapitres', semblables à des proverbes, écrits à l'intention de abba Poemen, autre enseignant d'envergure. Si l'une de ces paroles semble reprendre la pensée d'Antoine, elle lui donne toutefois une tournure au premier abord déconcertante : *« Le moine, dit Moïse, doit mourir à son prochain et ne jamais en quoi que ce soit avoir le moindre jugement sur lui »*[3]. Si notre vie et notre mort dépendent de notre prochain, mourir signifie donc clairement renoncer au pouvoir de le juger. Cette tâche est si ardue qu'elle mérite bien d'être comparée à une mort. Le fondement de cette affirmation est détaillé dans une autre sentence de Moïse. À un frère qui souhaitait comprendre le sens de « tenir en son cœur qu'il est pécheur » – élément essentiel de la pensée monastique –, Moïse répondit : *« Si quelqu'un porte ses fautes, il ne voit pas celles de son prochain »*[4].

À partir de là, nous entrevoyons l'éventail des idées, sim-

[3] Alph. Moïse : 'Sept chapitres que abba Moïse envoya à abba Poemen' 1, p. 187.
[4] Alph. Moïse : 'Sept chapitres que abba Moïse envoya à abba Poemen' 3, p. 187. Il en découle que sans cela personne ne peut vraiment se considérer soi-même comme un pécheur.

ples en apparence, issues des paroles d'Antoine. Vivre en chrétien avec son prochain pour qu'il soit 'gagné', c'est-à-dire converti, amené à une relation salutaire avec Jésus-Christ, implique ma 'mort'. Je dois mourir à ce 'Moi' qui se prétend détenteur de vertus et de dons et qui s'arroge le droit de se prononcer sur la condition spirituelle du prochain. Je ne peux faire l'impasse sur la conscience de mes propres échecs et de mes faiblesses quand je lui communique l'Évangile. Pour permettre son rapprochement avec Dieu, je dois accepter une forme particulière de détachement à son égard. Et les auteurs du désert disent avec insistance que ce détachement est absolument essentiel à ma croissance dans l'expérience de la grâce. Voici à ce propos une parole attribuée à Jean le Nain:

« *On ne peut construire une maison en allant du haut en bas, mais il faut partir des fondements pour aller jusqu'au sommet* ».
On lui dit: «Que signifie cette parole?»
Il dit: «Le fondement, c'est notre prochain qu'il faut gagner; et il faut commencer par là. À cela en effet sont attachés tous les commandements du Christ»[5].

Tout commence par la vision et l'espoir de rapprocher le prochain de Dieu en Christ. De là dépend tout le reste de ma vie chrétienne, ce qui implique forcément d'affronter la mort d'une certaine image de moi. Si je néglige de mettre une personne en contact avec Dieu, je risque une autre sorte de mort, celle de ma relation avec le Christ. Ne pas gagner mon prochain revient à barrer la voie au Christ, à entraver sa volonté ardente de communiquer avec tous.

Les moines du désert manifestent un intérêt particulier à débusquer ce qui peut empêcher et compliquer la relation au

---

[5]Alph. Jean Colobos (= le Nain), 46, p. 131.

Christ. Ils ont conscience que le besoin impérieux de s'interposer entre Dieu et les autres est l'une des grandes tentations de la vie religieuse. Ne pensons-nous pas volontiers que nous en savons plus sur Dieu que les autres? N'est-il pas agréable et même réconfortant d'essayer de contrôler l'accès de notre prochain à Dieu? Jésus lui-même parle durement des fanatiques religieux de son temps qui ferment devant les hommes la porte du Royaume de Dieu: «Vous n'entrez pas vous-mêmes et vous ne laissez pas entrer ceux qui le voudraient!» (Matthieu 23.13). Et il décrit encore comment ces gens se dépensent pour faire un seul converti; mais parce qu'ils n'ont d'autre but que de faire des croyants semblables à eux, ils les rendent doublement condamnables.

Les maîtres du désert savent bien qu'en se réfugiant dans des communautés de prière, ils ne laissent pas forcément derrière eux ce désir profondément enraciné de gérer l'accès des autres à Dieu. Aussi insistent-ils d'autant plus sur une stricte honnêteté envers eux-mêmes. Dans cette perspective la 'manifestation des pensées' à un frère ou à une sœur plus expérimenté devient cruciale, chacun étant presque irrésistiblement ramené à ce besoin impérieux d'ingérence. Selon eux, l'une des attitudes les plus manifestes de cette tendance est l'inattention, c'est-à-dire l'incapacité à saisir la réalité du moment, due à une vision brouillée par l'obsession de soi ou par l'autosuffisance.

L'histoire suivante est racontée sous diverses formes: «*Un jeune moine désespéré va trouver l'un des grands 'Vieillards' pour lui exposer son problème: ayant consulté un autre Ancien pour confesser ses tentations, une pénitence sévère, même insupportable lui avait été prescrite. Alors le Vieillard renvoie le jeune moine dire à son premier conseiller qu'il n'a pas porté l'attention appropriée aux besoins de son novice*»[6]. En réalité si nous ne réussis-

---

[6]Notre traduction (citation sans référence).

sons pas à gérer notre propre confusion intérieure, nous serons incapables de répondre au besoin d'autrui. D'ailleurs les écrits des Pères font constamment remarquer que la dureté excessive – la promptitude à juger et à imposer une discipline –, s'enracine généralement dans l'inattention à soi-même. Invité à participer à la condamnation de quelqu'un, abba Joseph répond: «Qui suis-je?»[7], ce qui peut signifier 'qui suis-je pour juger' mais surtout 'comment puis-je porter un jugement quand je ne connais pas l'entière vérité sur moi-même'?

Parmi les plus importantes collections de sentences attribuées à certains Pères du désert, nous en trouvons sous les noms de Macaire le Grand et de Poemen (probablement un nom collectif signifiant 'le berger'). Ces recueils ont en commun un nombre exceptionnel de paroles sur les dangers de la dureté et de l'autosuffisance.

Au sujet de Macaire, nous lisons, sous la forme d'une image mémorable, qu'il était devenu comme un 'dieu terrestre'; en effet, lorsqu'il voyait les péchés des frères, il les 'cachait', exactement comme Dieu s'y prend pour protéger le monde[8]. Ainsi, informé qu'un moine un peu trop sûr de lui accablait d'autres de ses conseils, le vieux Macaire lui rend visite:

Lorsqu'il se trouve seul avec lui, Macaire lui demanda: «En ce qui te concerne, comment cela va-t-il?»
Théopemptos répondit: «Grâce à tes prières, cela va bien.»
Le Vieillard demanda: «Est-ce que tes pensées ne te font pas la guerre?»
Il répondit: «Jusqu'ici, cela va bien»; car il avait peur de parler.
Le Vieillard lui dit: «Voici tant d'années que je vis dans l'ascèse

---

[7]Alph. Joseph de Panepho 2, p. 141.

[8]Alph. Macaire 32, p. 117: «Macaire le Grand devint, selon qu'il est écrit, un dieu terrestre, parce que, comme Dieu protège le monde, ainsi abba Macaire cachait les fautes qu'il voyait comme ne les voyant pas, et qu'il entendait comme ne les entendant pas» Cf. Alph. Macaire 21, p. 174-175, sur la réaction de Macaire à la discipline sévère d'un autre abba.

et que je suis loué par tous, et, moi qui suis vieux, l'esprit de for-nication me trouble.»

Théopemptos lui dit: «Crois-moi, abba, il en est de même pour moi».

Le Vieillard continua à lui avouer que d'autres pensées encore lui faisaient la guerre, jusqu'à ce qu'il le fasse avouer lui-même.

Ensuite, il lui dit: «Comment jeûnes-tu?»[9]

Il répondit: «Jusqu'à la neuvième heure.»

Le Vieillard lui dit: «Exerce-toi à jeûner plus tard, médite l'Évan-gile et les autres Écritures; et si une pensée étrangère monte en toi, ne regarde jamais vers elle, mais toujours vers en haut, et aus-sitôt le Seigneur te viendra en aide».[10]

On ne traite pas l'autosuffisance en la combattant de front ni en la condamnant, mais en avouant sereinement ses propres manquements de manière à susciter chez son interlocuteur la même authenticité; le prochain est ainsi gagné ou converti par la 'mort' de Macaire qui ne laisse pas la moindre place au sen-timent de supériorité qu'il aurait de lui-même. Il n'a rien à défendre et il prêche l'Évangile en s'identifiant simplement à la condition de l'autre qui est incapable d'être honnête avec lui-même. Il serait très tentant de commencer par dire: «Je sais, mon frère, que tu subis ces tentations». Mais Macaire refuse cette facilité pour emprunter plutôt le chemin de la 'mort au prochain'; renonçant à juger, il s'expose lui-même au jugement.

À l'extrême opposé, d'autres récits mentionnent ceux qui se jugent eux-mêmes trop sévèrement. Par exemple, abba Poemen est confronté à un frère qui confesse un péché grave et qui souhaite une pénitence de trois ans:

---

[9]Le jeûne est l'un des remèdes les plus fréquemment proposés dans le monachisme contre les fantasmes de type sexuel: pour cette tradition – et certainement non sans sagesse – les pen-sées de 'fornication' sont liées à un estomac trop rempli (n.d.t.).

[10]Alph. Macaire 3, p. 169.

Le Vieillard lui dit: «C'est beaucoup».
Le frère dit: «Et jusqu'à une année?».
Le Vieillard dit à nouveau: «C'est beaucoup».
Les assistants dirent: «Et durant quarante jours?». Il dit encore:
«C'est beaucoup.» Et il ajouta: «Moi je dis que si un homme se
repent de tout son cœur, et qu'il se propose de ne plus commettre
le péché, Dieu le reçoit même après trois jours».[11]

Pour amener quelqu'un à reconnaître ses faiblesses et son besoin, il ne s'agit pas de renforcer la discipline ni de faire appel à une spiritualité écrasante. Aider quelqu'un à admettre ce qu'il n'a jamais reconnu ou, une fois sa faute admise, l'aider à être bienveillant envers lui-même, revient à le réconcilier avec Dieu par le moyen de la vérité et de la miséricorde. Un jugement trop sévère peut conduire au désespoir. Comme nous l'avons vu dans plusieurs récits,[12] il arrive qu'après avoir été durement traités par un Ancien peu expérimenté, des moines effrayés et dégoûtés d'eux-mêmes recourent à l'un des Anciens plus sages.

Pour ce qui est du conseiller, il est vital qu'il se mette au niveau de celui qui a péché afin de l'amener à la guérison par solidarité et non par condamnation, comme l'illustre cette histoire de Moïse:

Un frère, à Scété, commit une faute. On tint un conseil auquel on invita abba Moïse. Mais il refusa de s'y rendre. Alors le prêtre envoya quelqu'un lui dire: «Viens, car tout le monde t'attend.» Alors, il se leva et partit. Il prit une jarre percée, la remplit d'eau et la porta. Les autres, sortant pour aller à sa rencontre, lui dirent:

---

[11]Alph. Poemen 12, p. 220. Cf. Sisoès 20, p. 281-282, pour une histoire très semblable.

[12]Alph. Macaire 3, p. 168-169; cf. Alph. Poemen 62, p. 229, un bon exemple d'identification avec le pécheur et de modification de la dureté. Poemen dit au moine qui le questionne que les pensées de son conseiller étaient dans le ciel pendant que «toi et moi souffrons de tentation sexuelle». Voir aussi Alph. Poemen 6, p. 216, pour un reproche adressé à un ermite trop sévère.

«Qu'est-ce que ceci, Père?». Le Vieillard leur dit: *«Mes péchés s'écoulent derrière moi et je ne les vois pas, et je viens aujourd'hui pour juger la faute d'un autre». Entendant cela, ils ne dirent rien au frère, mais lui pardonnèrent.*[13]

Une variante anonyme de cette histoire mentionne l'un des Vieillards participant à un événement similaire: lorsque la condamnation est prononcée, le Vieillard se lève et sort. «Où vas-tu, Père?», demandent-ils. «Je viens d'être condamné», répond-il.[14] On retrouve une même réaction chez abba Bessarion:

Un frère qui avait péché fut chassé de l'église par le prêtre. Abba Bessarion se leva et se joignit à lui en disant: «Moi aussi je suis un pécheur».[15]

A Scété, nous l'avons vu, Macaire était comme un dieu: les récits rapportent qu'il gardait pour lui ce qu'il avait vu et c'était comme s'il ne l'avait pas vu.[16]

Un frère interrogea abba Poemen, disant: «Si je vois une faute commise par mon frère, est-il bien de la cacher?» Le Vieillard lui dit: «À l'heure même où nous cachons la faute de notre frère, Dieu cache la nôtre; et à l'heure où nous manifestons la faute de notre frère, Dieu manifeste aussi la nôtre».[17]

Et encore:

Quelques Anciens vinrent trouver abba Poemen et lui dirent: «Si nous voyons des frères qui s'assoupissent à la synaxe (office

---

[13] Alph. Moïse 2, p. 183.

[14] Anon. 123, notre traduction.

[15] Alph. Bessarion 7, p. 69.

[16] Alph. Macaire 32, p. 177; voir ci-dessus, note 8.

[17] Alph. Poemen 64, p. 229; cf. Anon. 1318 (= N 318), p. 110-111 pour une réponse plus détaillée, mais avec le même souci de nourrir l'humilité.

divin, n.d.t.) veux-tu que nous les reprenions afin qu'ils demeurent
dans la vigilance?».
Il leur dit: «Pour ma part, lorsque je vois un frère qui s'assoupit,
je place sa tête sur mes genoux et je le laisse reposer».[18]

On pourrait croire que les moines et les moniales du désert – du moins ceux dont il est question ici – sont, d'une certaine manière, indifférents au péché ou que leur notion des relations interpersonnelles se résume à une plate tolérance. Détrompons-nous! Ils ne sont pas les interprètes avant l'heure d'une méthode «Je suis OK, tu es OK»! Ils pensent au contraire, que le péché est une question éminemment sérieuse et la séparation d'avec Dieu une réalité possible. Si pour gagner leur prochain, ils sont prêts à endurer sans garantie de succès une vie exigeante, monotone et soumise à des conditions matérielles sommaires, on peut raisonnablement conclure qu'il s'agit pour eux d'un enjeu extrêmement important. Mais, pour les Pères, il va de soi que le seul moyen de connaître réellement la gravité de la séparation d'avec Dieu, c'est de l'avoir expérimentée personnellement.

Moïse écrit à Poemen: «Si le péché est là dans ta vie, dans ta propre maison, il n'est pas nécessaire d'aller le chercher ailleurs». Et de façon plus imagée, Moïse dit encore: «C'est folie pour l'homme qui a un mort de le laisser là et de partir pleurer celui du voisin».[19] Il ne s'agit pas de minimiser le péché, mais d'apprendre à l'identifier à partir de ses effets douloureux sur nous. Car, si nous ne pouvons faire face à cette limite dans nos propres vies, inutile de la dénoncer chez autrui; il est tellement facile de proposer une solution au problème de l'autre et de négliger le nôtre. L'inattention et la dureté témoignent de

---

[18] Alph. Poemen 93, p. 235.
[19] Alph. Moïse: «Sept chapitres que abba Moïse envoya à abba Poemen» 3 et 7, p. 187 et 188; cf. Alph. Poemen 6, p. 216.

notre aveuglement à cette réalité et constituent, pour les moines et les moniales du désert, les principaux obstacles à la conversion de notre prochain. Poemen prétend même que c'est la seule raison légitime de se mettre en colère.

Un frère interrogea abba Poemen, disant: «Qu'est-ce que se mettre en colère contre son frère en vain?»[20]. Et il dit: «Toute l'arrogance (c'est-à-dire: quelle que soit l'arrogance) avec laquelle ton frère t'injurie et à cause de laquelle tu te mets en colère contre lui, c'est se mettre en colère en vain. Et s'il t'arrache ton œil droit et t'ampute la main droite, et que tu te mets en colère contre lui, tu te mets en colère en vain. Mais, s'il te sépare de Dieu, alors mets-toi en colère».[21]

Si, au nom d'une soi-disant maturité spirituelle, nous nous arrogeons le droit de juger l'autre, de prescrire un remède à sa maladie, nous le privons des soins dont son âme a besoin. Nous le séparons de Dieu, nous l'abandonnons à son esclavage spirituel tout en renforçant notre propre servitude. L'accès à la vie, pour lui comme pour nous, en est obstrué. Comme le dit Jésus: «Malheureux... vous qui fermez devant les hommes l'entrée du Royaume des cieux! Vous-mêmes, en effet, n'y entrez pas et vous ne laissez pas entrer ceux qui le voudraient» (Matthieu 23.13). Lorsque nous nous reconnaissons solidaires des besoins et des échecs de l'autre, une porte s'ouvre: il est possible de vivre dans la vérité et de progresser dans l'espérance. Dans de tels moments, à travers nous, c'est Dieu Lui-même qui se donne et nous devenons par sa faveur un lieu de passage entre Lui et notre prochain. Nous avons alors accompli la vocation pour laquelle Dieu nous a créés.

---

[20] La référence est manifestement Matthieu 5. 21 et ss. Se mettre en colère contre son frère, c'est déjà le tuer (n.d.t.).

[21] Alph. Poemen 120, p. 241-242.

Quelle est la contribution de la littérature du désert à la vie de nos communautés chrétiennes ? La réponse se trouve au cœur de la sentence de saint Antoine, citée au début du chapitre, dans les mots 'vie' et 'gagner'.

Sans mon prochain, l'accès à ma propre 'vie' se révèle une entreprise impossible car l'essence de la vie se trouve au ccœur de la solidarité ; mais celle-ci se résume trop souvent à une simple camaraderie. Or il s'agit de consentir à mettre de côté ma vision des choses, celle que je revendique naturellement et à laquelle je tiens tant. Alors seulement l'annonce de l'Évangile pourra se faire par ma présence et mes paroles. Quant au mot 'gagner', loin de suggérer un succès pour les uns et une perte pour les autres, il signifie réussir à relier mon prochain à la réalité qui donne vie. Ces deux mots 'vie' et 'gagner' nous entraînent à réfléchir en termes assez radicaux à notre vie en commun.

Se relier mutuellement à cette réalité vivifiante, propice à la réconciliation ou la guérison, ne serait-ce pas le véritable critère d'un bon fonctionnement en commun, d'une existence sociale harmonieuse ? Et si la plus grande menace à la vie ensemble était de s'obstiner à se croire juste, empêchant ainsi l'autre de découvrir sa complétude ? Notre 'succès', si l'on veut encore utiliser ce terme peu approprié, ne se mesurerait qu'au degré de vérité et de vie découvertes par ceux qui nous côtoient. Et, comme il y a peu de chance que nous puissions évaluer ce 'succès' sur une base objective, nous risquons de n'en jamais rien connaître ! Par contre nous saurons quelle lutte et quelle vulnérabilité sont comprises dans nos tentatives de communiquer les uns avec les autres. Que dire de plus ? Seulement que nous croyons à la présence infaillible de Dieu qui pardonne et nous appelle sans relâche à œuvrer à la réconciliation des autres.

Ainsi pour faire correctement ce que tout groupe soumis à Dieu est censé faire, la communauté devrait s'engager à discerner assidûment toutes les influences qui la détournent de sa tâche fixée par Dieu. Ses membres développeraient ainsi des antennes ultrasensibles aux différentes facettes de l'esprit de compétition ambiant et aux raisons, reconnues ou non, de penser que le succès s'acquiert toujours au détriment des autres. Ce point n'éveille-t-il pas immédiatement en nous des réminiscences désagréables à propos de conflits récurrents dans nos Églises ? Invariablement nous pensons en termes de gain et de perte lorsque nous cherchons à résoudre telle ou telle controverse selon Dieu de manière à avoir le dessus en son nom !

Notons bien que la tradition du désert n'est pas exempte de toute controverse ; les textes qui en témoignent datent d'une époque qui qualifierait de puériles nos querelles actuelles. En fait, ils posent la question de savoir si lors de ces discussions perpétuelles et soi-disant vivifiantes, le succès des uns n'éloigne pas définitivement les autres de Dieu… et ils nous posent la question plus gênante encore : si c'est le cas, qu'allons-nous faire ?

L'Église est une communauté issue d'un événement qui annule tout le mécanisme d'auto-justification. La vérité et la bonté de Dieu sont devenues concrètes dans la personne de Jésus. Par sa mort et sa résurrection, elles ont opéré une transformation que Dieu seul peut accomplir ; elles nous ont transmis ce que Dieu seul peut nous dire, à savoir que les terribles conséquences de notre faute sont à sa charge et que nous n'avons pas besoin de travailler désespérément à nous sauver nous-mêmes et à nous rendre justes devant Lui.

L'Église cherche à être une communauté qui démontre que cette transformation décisive est réellement possible. L'Évangile nous délivre d'une des sources majeures d'angoisse, celle de préserver une image juste et bonne de soi. Ainsi, de toute évidence, l'Église devrait être prête à renoncer à tout esprit de concurrence, à tout ce qui ressemble à la course aux vertus, à la course aux souffrances, à la victimisation, à l'orgueil d'exercer la plus grande tolérance ou, au contraire, la plus vive intolérance, etc. L'Église témoigne de la toute-suffisance du Christ lorsque ses membres refusent que leurs propres peurs et leurs obsessions séparent les autres de l'espérance de la réconciliation et de la vie. Une Église en bonne santé est une Église où l'on aspire à rester relié à Dieu tout en désirant que les autres le soient aussi, une Église dans laquelle on 'gagne' Dieu en se convertissant les uns les autres. Or c'est à travers une conscience claire de notre fragilité personnelle que cette conversion mutuelle s'opère. Seule une Église qui vit cette expérience aura quelque chose de différent à dire au monde. Il serait bien triste que l'Église n'ait rien d'autre à offrir que de nouvelles et meilleures manières d'être gagnant aux dépens des autres, en usant des mécanismes de bouc émissaire que la croix a anéantis une fois pour toutes.[22]

Les moines du désert ne font pas de grandes théories sur le salut. La plupart du temps ils semblent même parler très peu de Jésus lui-même. Mais leurs paroles et leur vie n'ont de sens que dans et par l'Évangile. Et dans l'histoire de Macaire et de Théotemptos citée plus haut, il nous est rappelé implicitement ce qu'ils étudiaient et pensaient au quotidien. Au centre de presque tout ce qu'ils disent apparaît le commandement du Christ de ne pas avoir peur. Être libre de la peur, c'est précisément mourir à son prochain, refuser de juger, avoir la liberté de se demander comme abba Joseph: «Qui suis-je?».

La communauté du désert appelle l'Église, celle d'autrefois comme celle d'aujourd'hui, à devenir une communauté libérée de la peur; elle lui montre quelles pratiques développer

---

[22] Référence à René Girard in *Des choses cachées depuis la fondation du monde*. Recherches avec J.M. Oughourlian et Guy Lefort. Paris, Bernard Grasset, 1978.

pour acquérir cette liberté : s'entraîner à la connaissance de soi et à l'attention les uns des autres, développer une conscience sans faille de la toute-présence de Dieu, qui naîtra d'un contact permanent avec Lui par la lecture de la Bible et la prière.

Cela dit, nous pourrons mieux saisir pourquoi il est erroné de ne voir que tolérance et gentillesse dans les écrits du désert. Au premier abord l'injonction de ne pas juger résonne de façon très moderne. Ne fait-elle pas écho justement à la réticence de nos contemporains à distinguer d'une manière absolue le bien du mal, le vrai du faux ? Mais quel contraste avec la vie au désert : elle est un combat pour la vérité ou elle n'est rien ! « Dieu pardonnera, c'est son boulot », disent certains cyniques du XVIIIe siècle. Les Pères et les Mères du désert ne sont pas moins convaincus du pardon de Dieu. Mais ils savent tout aussi sûrement qu'un tel pardon, entraînant une telle transformation intérieure, requiert l'engagement de toute la vie et qu'il exige la plus stricte vigilance de nos habitudes égoïstes et paresseuses de penser et de réagir.

S'acharner tout en étant détendus ! Comment y arriver ? Nous savons comment parler de cet acharnement et décrire la vie chrétienne comme un dur combat ou une épopée faite d'endurance et d'héroïsme ! Nous savons aussi ce que signifie se détendre, se reposer sur la grâce de Dieu, sans dramatiser nos défaillances. Mais il n'est pas aisé de faire tenir les deux ensemble. Comment vivre en même temps la tension extrême dans l'effort et le relâchement dans la détente ?

Les Pères du désert nous encouragent de bien des manières à nous préparer au pire avec nous-mêmes. Déjà Antoine, puis ses successeurs, nous disent que nous devons nous attendre à être éprouvés jusqu'à la mort[23] et même que la fin apparente d'une tentation, d'un fantasme ou d'une distraction est

---

[23] Alph. Antoine 4, p. 21.

chose dangereuse.[24] Nous devons rester conscients de notre fragilité et sans fin verser des larmes sur elle.

À ce sujet nous trouvons assez fréquemment dans les écrits des Pères un autre type de récit. Un jeune moine dit à un Ancien : « N'as-tu pas enfin gagné ton entrée au ciel ? Tu pratiques une grande ascèse, tu fais pénitence avec ardeur, ta sagesse est manifeste ». Et le Vieillard de répondre : « En vérité s'il m'était permis de voir mes péchés, trois ou quatre hommes ne suffiraient pas pour les pleurer ».[25]

Dans le traité de Saint Jean Climaque du Mont Sinaï, ce que nous lisons sur la nécessité de faire pénitence glacerait le sang du croyant moderne. Il nous est difficile de saisir combien les Pères prennent au sérieux les conséquences coûteuses de leur péché, de leur égoïsme et de leur vanité, alors qu'ils savent bien que Dieu va les guérir et les accepter. Pour eux, l'expérience de la grâce ne diminue en rien leur conscience du péché ; cette perception est précisément ce qui leur donne cette tendresse presque choquante pour les autres pécheurs. Leurs larmes et leur pénitence ne sont pas une tentative de masquer leurs dettes devant Dieu. Ils savent, comme n'importe quel chrétien, que celles-ci sont payées une fois pour toutes par cette grâce offerte avant même toute repentance. Ils veulent simplement s'assurer que cette conviction ne les amène pas à se tromper eux-mêmes sur leur besoin évident d'être pardonnés comme les autres. En cultivant la conscience de leur propre nature pécheresse, ils comprendront mieux les larmes et le dégoût de soi chez les autres, et par leur accueil et leur douceur sans réserve ils pourront les amener au Christ. Ainsi 's'acharner' consiste à garder constamment devant les yeux la vérité de notre condition ; 'être détendu' procède de la reconnaissance que la grâce est à tout jamais inépuisable. En

---

[24] Alph. Jean Colobos 13, p. 122-123 ; cf. Anon. 1170 (N 170), p. 63.
[25] Alph. Dioscore, p. 83.

résumé, selon une formule du réformateur monastique anglican du XIXe, R. M. Benson: «Il faut avoir un cœur de pierre envers soi-même, un cœur de chair envers les autres, un cœur de flamme envers Dieu». Cependant, veillons à ne pas confondre 'un cœur de pierre envers soi-même' avec le dénigrement extrême de soi. Pour Benson, comme pour les Pères du désert, il s'agit plutôt d'exercer une honnêteté sans concession. En fait, nous ne saisirons cet équilibre entre sévérité et confiance, acharnement et détente, que dans l'exercice de la vie en commun. Chaque croyant doit avoir un intérêt pressant pour la relation de son prochain avec le Christ, le désir et la volonté d'être un canal par lequel cette relation se réalise et provoque des changements. Mais cette vive préoccupation ne surgit que de la conscience de la gravité et de la douleur d'être séparé de Dieu, de la conviction personnelle que nos fragilités et nos échecs sont impossibles à vaincre pour et par nous-mêmes.

Par la grâce de Dieu, j'ai moi-même appris comme membre de la communauté chrétienne, quelle est la nature de la bonté de Dieu, comment elle ne me livre pas à mes seuls efforts pour vaincre mon péché. Je peux dès lors m'adresser à tout compagnon de souffrance qui ne sait pas où placer son espoir. Et ce que je peux lui transmettre dépend entièrement de ma détermination à garder cette lucidité sur moi-même: je ne suis pas un saint accompli, mais quelqu'un de limité qui, jour après jour, poursuit le combat pour grandir.

Le péché, je l'ai dit plus haut, est guéri par la solidarité, par l'identification. Sa puissance est ébranlée par l'agir de Dieu en Christ. Cet agir crée la communauté du Corps du Christ dans laquelle nous ne pouvons vivre, en réalité, que les uns par les autres. Voilà qui aide aussi à comprendre comment les moines et les moniales du désert développèrent des attitudes différentes face à l'ascèse. La littérature 'du désert' contient des exemples d'ascétisme extrême, de même qu'elle décrit des attitudes très nuancées face à la pénitence et au découragement provoqués par un zèle excessif.

Pour rester attentifs, chaque personne a besoin d'une discipline qui lui correspond, mais quel désastre lorsqu'une règle est pratiquée pour affirmer sa supériorité ou imposée aux autres sans discernement! Le but ultime de toute ascèse est de nous remettre en question et de nous aider à dépasser tout ce qui ferait de nous un obstacle au lien entre Dieu et notre prochain. Aussi devrions-nous souhaiter la diversité, nous méfier de toute volonté d'uniformiser la discipline, mais également veiller à tout relâchement de notre vigilance intérieure à l'égard du Moi et de ses illusions. Ce n'est pas pour rien que le mot 'nepsis', vigilance, devient un concept clé du monachisme ultérieur dans l'Orient chrétien.[26]

Si nous banalisons la profondeur de notre besoin de Dieu, nous ne serons jamais instruments de réconciliation. Si par manque de discipline nous nous méconnaissons nous-mêmes et que nous passons à côté de ce besoin, c'est toute l'Église qui devient inopérante. La signification et la compréhension de la vie communautaire des premières générations de moines ont fait l'objet de recherches récentes, parmi les plus intéressantes sur le monachisme du désert.[27] Comme nous le verrons plus loin, le modèle qui consiste à 'fuir' – en apparence – les contacts humains est quelque chose de beaucoup plus subtil qu'il n'y paraît. Au désert, assurément, on n'apprend pas des techniques pour communier individuellement avec le divin,

---

[26] Voir les sentences: « Qu'il faut toujours être vigilant » des Anon. 1264-1280 (= N 264-280), p. 96-99. Pour l'importance de la nepsis dans la littérature ultérieure, cf. le traité sur ce sujet de Hésychius, prêtre (probablement du 8ème siècle ou un peu plus tard) contenu dans la *Philocalie* (*Philocalie des Pères neptiques*, fasc. 3: Hésychius de Batos, Chapitres sur la Vigilance, et Jean Carpatos, Chapitres d'exhortation et Discours ascétique. Bégrolles-en-Mauges, Abbaye de Bellefontaine, 1981, p. 15-82). Toute la *Philocalie* est en grec et est considérée comme l'œuvre des Pères neptiques (ce qui signifie « vigilants »).

[27] Voir en particulier Graham Gould, *The Desert Fathers on Monastic Community*, Oxford: Clarendon Press, 1993, and Douglas Burton-Christie, *The Word in the Desert*, Oxford/New-York: Oxford University Press, 1993, chapters 8 and 9.

mais on apprend comment devenir un moyen de réconciliation et de guérison pour le prochain. On ne 'fuit' pas au désert pour échapper aux autres, mais pour mieux saisir qu'on accède à la vie à travers le prochain, en se mettant à sa disposition pour le relier à Dieu. La communauté étonnante issue de cette première génération du désert n'entend pas être une alternative à la solidarité humaine, mais elle en est une version radicale qui remet en question les priorités communautaires dans d'autres contextes. Et c'est, aujourd'hui encore, la fonction essentielle de toute communauté monastique pour l'Église et plus largement pour le monde.

Une dernière considération s'impose, qui introduira le chapitre suivant. Nous avons déjà parlé des inévitables différences de pratiques dans les communautés du désert; leurs membres ne sont pas des clones interchangeables, mais des personnalités très typées. La perspective de se 'trouver soi-même' par le service de la réconciliation des autres avec Dieu est un idéal qui pourrait être compris comme un encouragement à renoncer tout bonnement à son Moi. Quoiqu'elle puisse paraître plausible, cette interprétation est évidemment erronée. C'est l'occasion de rappeler pourquoi les moines et les moniales du désert avaient tant d'estime pour la conscience de soi. Selon ce que nous avons vu jusqu'ici, chacun doit connaître sa propre vérité pour être un vrai agent de liaison entre Dieu et le prochain. Il ne suffit donc pas de se dire simplement «je suis pécheur»; il faut connaître les détails de son vécu de pécheur – sans forcément les partager avec d'autres, car il n'est pas certain que cela soit utile. La condition essentielle pour être un moyen de réconciliation au sein du corps du Christ c'est d'être vrai avec soi-même: savoir de quoi nous sommes constitués, identifier nos problèmes et nos mécanismes de défense, connaître aussi nos dons.

Cela ne signifie pas que tous les chrétiens doivent avoir la même conscience de soi, ce serait aller à l'encontre de tout notre propos. Les gens se connaissent eux-mêmes de différentes manières et l'expriment très diversement aussi. Un enfant peut servir de lien entre une personne et Dieu, comme peut le faire un adulte atteint de sérieuses difficultés d'apprentissage. Heureusement, la sainteté n'est pas réservée à une élite formée à la conscience de soi ! Ce qui contribue à la qualité de toute présence humaine, que ce soit celle d'un enfant ou celle d'une personne avec un handicap, c'est la capacité de se regarder avec amour et sincérité, dans la conscience de sa différence et l'assurance qu'elle est entre les mains de Dieu. Pour des personnes dont la sensibilité est si différente de la nôtre, qui sait à quoi correspond cette réalité, jugée évidente par la plupart d'entre nous ? Ceux qui vivent leur engagement chrétien en compagnie de ces personnes comprennent de quoi il s'agit.

Le prochain est notre vie : il est relié à Dieu dans la mesure de notre communion personnelle avec Lui. Le prochain est notre mort : il signe l'arrêt de mort de nos prétendues identités et des soi-disant succès auxquels nous tenons tant. « Ainsi la mort est à l'œuvre en nous, mais la vie en vous » comme dit Saint Paul, devançant ainsi les thèmes du désert (2 Corinthiens 4.12). L'apôtre dit de ses souffrances et de ses luttes qu'elles rendent la vie du Christ visible aux autres et qu'ils sont ainsi renouvelés dans l'espérance. Et lorsque ceux-ci découvrent la vie, nous la recevons aussi. Elle est un cadeau que nous n'attendions pas, car avec beaucoup de difficulté, de réticence et d'amertume, nous nous étions habitués à renoncer à notre vie pour être au service des autres.

Nous aimons de l'amour de Dieu seulement et uniquement lorsque nous sommes le canal de sa présence réconciliante auprès des autres. En les reliant à la source de la vie, nous parvenons nous-mêmes à cet espace de vie dégagé pour nous et investi par le Christ.

Silence et joie

Chapitre 2

Le désert

Silence et joie

Arsène et l'Esprit de Dieu naviguaient sur l'une des barques en toute paix, et sur l'autre abba Moïse et les anges de Dieu se nourrissaient de gâteaux de miel.

Le tourisme spirituel en Égypte ne tarda pas à se développer. Aux IVe et Ve siècles les voyageurs arrivaient de loin pour voir l'un ou l'autre des 'grands Vieillards', et les textes ne sont pas à court d'histoires rapportant les surprises qui les attendaient. C'est l'une de ces histoires mémorables qui inspire le titre de ce livre.

On racontait d'un frère venu voir abba Arsène à Scété que, arrivé à l'église, il demanda aux clercs à rencontrer abba Arsène. Ils lui dirent: «Restaure-toi un peu, frère, et tu le verras». Mais lui: «Je ne mangerai de rien, dit-il, tant que je ne l'aurai pas rencontré». Ils envoyèrent donc un frère pour l'accompagner, car la cellule d'Arsène était éloignée. Ayant frappé à la porte, ils entrèrent, saluèrent le Vieillard et s'assirent sans rien dire. Alors le frère, celui de l'église, dit: «Je me retire, priez pour moi». Quant au frère étranger, ne se sentant pas à l'aise auprès du Vieillard, il dit à l'autre: «Je pars avec toi». Et ils s'en allèrent ensemble. Alors le visiteur demanda: «Conduis-moi chez abba Moïse, l'ancien brigand». Quand ils arrivèrent, l'abba les accueillit avec joie, puis les congédia enchantés. Le frère qui avait conduit l'autre dit à son compagnon: «Vois, je t'ai conduit chez l'étranger et chez l'Égyptien; lequel des deux préfères-tu?» – «Pour moi, répondit-il, je préfère l'Égyptien». Or un Père qui entendit cela pria Dieu disant: «Seigneur, éclaire-moi cette difficulté: l'un fuit à cause de ton nom, et l'autre, à cause de ton nom, reçoit à bras ouverts». Alors, lui furent montrées deux grandes barques sur un fleuve, et il vit abba Arsène et l'Esprit de Dieu naviguant sur l'une en toute paix, et sur l'autre abba Moïse et les anges de Dieu qui se nourrissaient de gâteaux de miel.[28]

On ne peut guère illustrer plus clairement les différences de vocation. Dans le contexte des communautés du désert, l'inattention est un réel problème puisqu'elle rend les personnes insensibles à la variété des appels et des dons particuliers. Le 'silence' et les 'gâteaux de miel' ne relèvent pas d'une performance ni d'une compétition. De nombreux récits confirment qu'Arsène était connu pour ses silences.[29] Face à son austérité, le visiteur est profondément troublé; quant au moine, témoin des faits, il ne voit pas comment concilier les deux styles de vie. Moïse et Arsène, eux, ne semblent pas avoir perdu le sommeil à cause de leur divergence!

Une petite anecdote associée à Antoine lui-même, citée aussi dans d'autres contextes, relève ces différences de vocation.

Dans le désert, abba Antoine eut la révélation suivante: «En ville, il y a quelqu'un qui t'est semblable: médecin de son métier, il donne son superflu à ceux qui sont dans le besoin, et chaque jour, il chante le trisagion (la prière liturgique triple, 'Dieu saint, saint et fort, saint et immortel, aie pitié de nous') avec les anges».[30]

---

[28] Alph. Arsène 38, p. 41-42.

[29] Alph. Arsène 2, 4, 25, 42, p. 29, 35, 43.

[30] Alph. Antoine 24, p. 26. Cf. la variante, évidemment plus pieuse, conservée dans la Collection alphabétique sous le nom d'Eucharistos le Séculier, p. 89-90.

Certaines versions plus élaborées commencent par 'Un grand Vieillard…', dont l'identité varie. Celui-ci demande en fait à Dieu s'il existe quelqu'un d'aussi saint que lui; il est alors emporté par l'Esprit à Alexandrie où il découvre une personne tout ordinaire accomplissant une tâche des plus ordinaires. Le concept de vocation supérieure n'existe pas; ceux qui avancent vers la sainteté ne se reconnaissent qu'à ce qu'ils deviennent en faisant ce qu'eux seuls sont appelés à faire. Il n'existe pas de sainteté type, impersonnelle. Toute personne apporte bien évidemment sa contribution particulière à l'expérience du désert. Le péché reste le péché, mais chacun ressent les pressions et les tentations à des degrés divers.

Un frère demanda à l'un des Pères si l'on se souille en ayant de mauvaises pensées. Une discussion eut lieu à ce sujet, et les uns dirent: «Oui, on se souille»; et les autres: «Non, […]». Et le frère se rendit chez un Ancien fort éprouvé pour l'interroger à ce propos. L'Ancien lui dit: «Il est demandé à chacun selon sa mesure»…[31]

Personne ne peut évaluer exactement le poids de la tentation sur quelqu'un d'autre. Prenons l'exemple de Saint Augustin: face à des maîtres pélagiens qui répétaient que tout péché est le rejet parfaitement conscient de Dieu, il s'exclamait à la fois exaspéré et plein de compassion: «La plupart des péchés sont commis par des gens qui pleurent et gémissent».[32] Une tentation peut être banale pour l'un et écrasante pour l'autre; une obsession peut hanter quelqu'un jour et nuit et être incompréhensible à l'autre. Chacun est issu d'un passé différent, a des souvenirs différents et des aptitudes différentes; c'est pourquoi il est dangereux d'exiger de tous la même forme

---

[31]Anon. 1216 (N 216), p. 83.

[32]Augustin, *De natura et grazia xxix*, 33 (notre traduction).

d'ascétisme. Il nous est rapporté qu'un moine maugréait parce qu'Arsène ne pratiquait pas une ascèse physique radicale; l'Ancien qui s'occupait de cette affaire demanda à ce grincheux quelles étaient ses occupations avant de devenir moine. Or il avait été berger, dormant à même le sol et mangeant de maigres brouets d'avoine. Arsène, lui, avait été précepteur auprès de la famille impériale et il dormait dans des draps de soie. En d'autres termes, la simplicité de la vie du désert ne représentait pas de grands changements pour le plaignant, mais pour Arsène, c'était un monde tout différent.[33]

Arsène, nous l'avons dit, était moins connu pour ses privations que pour son silence. Or, s'il est une vertu assez universellement recommandée au désert, c'est bien celle-ci. Le silence rejoint en quelque sorte le problème de l'être humain à ses racines. Extérieurement, on peut mener une vie héroïque de travail et de renoncement, refuser le confort de la nourriture et du sommeil, mais si l'on n'a pas le silence, pour paraphraser Saint Paul, cela ne sert à rien. Une sentence, qui revient dans les textes,[34] décrit Satan ou les démons en général comme les plus grands ascètes: le démon ne dort pas, ne mange pas, mais il n'en est pas un saint pour autant. Il reste prisonnier du mensonge fondamental qu'est le mal. Et notre habitude de parler renforce très facilement cet emprisonnement. «La parole peut nous égarer», soulignent inlassablement les maîtres du désert. Dans *Les Apophtegmes des Pères du Désert*, se trouve une des rares citations où l'on parle en bien d'Évagre, ce grand moine théologien controversé. On le décrit, non sans quelque satisfaction, acquiesçant humblement au reproche d'un autre moine et gardant le silence lors de la discussion.[35]

---

[33] Alph. Arsène 36, p. 40-41.
[34] Alph. Théodora 7, p. 118 ; voir aussi Alph. Macaire 11 et 35, p. 172 et 180.
[35] Alph. Évagre 7, p. 94.

Lors d'une visite de l'archevêque d'Alexandrie, abba Pambo refusa de lui parler, déclarant d'un ton sans réplique : « S'il n'est pas édifié de mon silence, il n'aura pas non plus à s'édifier de ma parole ».[36] D'ailleurs, dans la plupart de ces textes, les archevêques sont considérés avec une saine méfiance ! Nos paroles servent à renforcer les illusions dont nous nous enveloppons pour nous protéger et nous réconforter. Si nous ne pratiquons pas le silence, nous ne progresserons pas dans la connaissance de nous-mêmes face à Dieu.

Une fois de plus, méfions-nous du risque de banaliser la tradition du désert en voulant la moderniser. Un chemin d'ascétisme menant à la découverte de soi ? Merveilleux ! diront les adeptes passionnés de l'affirmation de soi que nous sommes. La découverte du 'vrai moi', dans sa pleine dimension n'est-elle pas la préoccupation majeure de centaines de livres sur le développement personnel ? Mais pour les moines et les moniales du désert, cette quête de vérité peut être redoutable et ils connaissent bien toutes les stratégies dont nous sommes capables pour éviter la réalité. Par exemple, ils savent que pour se connaître soi-même, il faut absolument mettre les autres à distance, ou du moins qu'ils se conforment aux plans que nous avons pour eux et n'essaient pas de nous changer ni de se mêler de nos affaires. Or dans le monachisme, le caractère collectif de la découverte de soi s'avère essentiel à la démarche de guérison. Notre vie est avec le prochain. Et si tout le monde disparaissait de notre environnement, nous n'aurions en fait aucune idée de notre réelle identité. Toutefois, la nécessité de garder notre indépendance par rapport aux jugements des autres est également importante et nous y reviendrons plus loin.

---

[36] Alph. Théophile l'Archevêque 2, p. 114

Pour y voir plus clair, il peut être utile de prendre un exemple apparemment hors sujet que nous tirons du livre *The Writing Life*[37] d'Annie Dillard. Cette Américaine est l'une des écrivaines les plus enthousiasmantes et rafraîchissantes de ces dernières décennies. Observatrice du monde naturel et de l'expérience humaine, elle donne dans son livre un aperçu sans fard et amusant du processus d'écriture créative. Elle est parfaitement honnête dans sa description des mille et une astuces qu'on trouve pour éviter la tâche si redoutable de prendre la plume, alors même qu'on avait réservé du temps pour le faire. Elle relève aussi que, lorsqu'on remet au lendemain la poursuite du travail en cours, il nous échappe si totalement qu'on ne voit plus comment le reprendre.[38] On craint de poursuivre, conscient que la chose la plus difficile au monde c'est de vouloir écrire à partir de l'expression authentique de soi car elle exige une introspection minutieuse et un lâcher-prise sans concession. «Ce que vous devez lâcher, c'est non seulement la partie la mieux écrite de votre texte, mais celle qui, curieusement, en constituait le point central».[39] Ce qui importait à vos yeux, à savoir ce qui vous révélait le plus authentiquement, apparaît en fin de compte inconsistant et peu honnête; il faut continuer à questionner, continuer à chercher. Pas étonnant que ce labeur rebute tant et qu'on trouve toutes les excuses pour se désister. Un vers de T.S. Eliot en donne un vague écho: «Et ce pourquoi vous aviez cru être venu, est seulement une coquille, une écorce de sens»; ou encore Rilke dans son poème sur Apollon qui dit qu'il n'y a pas de place où se cacher et que «tu dois changer ta vie».[40] Les idées superficielles doivent être évacuées, de même la notion de réussir une œuvre par un acte

---

[37] *The Writing Life*, (La vie d'écriture, n.d.t.), Annie Dillard, New York, Harper Collins, 1989.
[38] Ibid. p. 52.
[39] Ibid. p. 4.
[40] T.S.Eliot, *Quatre Quatuors* (I), trad. Pierre Leyris, éd. du Seuil, Paris, 1950. R.M. Rilke, «Torse Archaïque d'Apollon», in *Nouveaux Poèmes*, éd. Gallimard, Paris, 1997.

de la volonté. – Un sculpteur assez renommé disait devant un groupe d'étudiants stupéfaits, que la volonté ne joue aucun rôle dans le processus de création, elle ne sert qu'à persévérer; elle ne produit pas l'œuvre puisque le créateur ne connaît pas encore ce qu'il veut au plus profond de lui-même.

Dans cet ordre d'idée, Jean le Nain a une sentence étonnante:

Laissant de côté le fardeau léger, c'est-à-dire s'accuser soi-même, nous nous sommes chargés de celui qui est lourd, c'est-à-dire se justifier soi-même.[41]

Voilà qui est tout à fait contraire à l'intuition naturelle, mais qui correspond bien à ce qu'on a dit jusqu'ici à propos du Moi. Me justifier est un lourd fardeau parce que c'est un processus sans fin; il se présentera perpétuellement des occasions d'asseoir ma position et de creuser des tranchées pour défendre mon ego.

Mais comment peut-on dire qu'il est facile de s'accuser soi-même? On peut le dire si on se souvient qu'il est essentiel de lâcher prise pour renoncer à la peur de se voir tel qu'on est. L'accusation de soi, c'est-à-dire l'honnêteté par rapport à ses manquements, est un fardeau léger. En effet, ce fardeau est déjà connu et accepté par la grâce de Dieu, même s'il faut affronter intérieurement une prise de conscience douloureuse ou le sentiment pénible de devoir tout recommencer. Nous n'avons pas à nous créer nous-mêmes, ni à nous défendre ni à nous sauver. Dieu l'a fait, le fait et le fera encore. Nous devons seulement garder le silence, comme le dit Moïse au peuple d'Israël au bord de la Mer Rouge (Exode 14.14).

Une vieille plaisanterie dit que les Anglais se vantent de leur réputation de 'self-made men', prétendant décharger Dieu

---

[41] Alph. Jean Colobos 22, p. 126.

d'une redoutable responsabilité! En fait le besoin impérieux d'être son propre créateur n'est pas réservé à une seule nation ni à une seule classe sociale. Chaque fois que nous consacrons de l'énergie à nous justifier nous-mêmes, nous nous engageons sur une voie sans issue. Avec raison, Jean le Nain qualifie la justification de soi de 'fardeau lourd'. Néanmoins nous craignons de porter le 'fardeau léger' (s'accuser soi-même) car il nous fait perdre de manière décisive le contrôle sur nous-mêmes; il ne nous reste alors plus que la confiance et la foi. Jésus dit que son joug est léger (Matthieu 11.30) et la parole de Jean le Nain en est sans aucun doute un rappel. Mais il est difficile d'oublier que Jésus dit aussi de prendre sa croix et de la porter. Voir la croix, la sentir comme un fardeau léger, c'est l'impossible possibilité de la foi! Quand nous acceptons de laisser tomber nos masques favoris, que nous renonçons à nos succès, que nous essayons de vivre sans nos protections habituelles, n'avons-nous pas l'impression de vivre l'enfer? Mais en réalité l'enfer consiste à se démener sans répit pour se défendre soi-même. Il faut beaucoup de temps pour découvrir que porter sa croix est une délivrance et non une condamnation, et pour comprendre pourquoi les Pères et les Mères du désert pouvaient combiner une pénitence implacable avec la confiance et la compassion.

Une sentence attribuée à abba Isidore contient cet avertissement: «De toutes les suggestions mauvaises, la plus terrible est de suivre son propre cœur»[42]. Le lecteur moderne sera une fois de plus déconcerté car 'suivre ce que son cœur dit' appartient à la sagesse populaire de notre époque comme l'invitation à 'suivre son propre rêve'. S'agirait-il de douter de nos émotions et de nos désirs les plus intimes? N'avons-nous pas appris au contraire qu'il fallait écouter, accepter et nourrir nos sentiments les plus profonds? Les moines du désert répon-

---

[42]Alph. Isidore 10, p. 135.

draient que chercher à découvrir par nous-mêmes ce que le cœur suggère, c'est comme peler un oignon: nous n'atteindrons pas une couche où nos inclinations sont toutes pures et toutes simples. En matière d'examen de conscience, comme dans d'autres domaines, la vérité est rarement pure et jamais simple.

Je me débats dans un vaste système de fantasmes complaisants où je cherche à savoir qui je suis, parfois en persuadant les autres de me le dire (bien sûr selon mes préférences!), parfois en utilisant Dieu pour renforcer mon image, et ainsi de suite. Le désert m'invite à prendre de la distance par rapport à un tel système.

Le 'fardeau léger' de l'accusation de soi et la méfiance envers les impulsions du cœur n'ont rien à voir avec une austérité inhumaine ou un dénigrement de soi. Mais notre besoin à tous c'est d'être gagnés en douceur à l'honnêteté, dans la foi que Dieu pardonne et guérit. Le théologien catholique Henri de Lubac dit avec une clarté et une concision difficiles à égaler: «Ce n'est pas la sincérité, c'est la vérité qui nous délivre... Chercher avant tout la sincérité, c'est peut-être, au fond, ne pas vouloir être transformé».[43] Auparavant, il avait observé que «la pure psychologie est inapte, au moins dans les cas les plus subtils, à discerner la différence entre l'authentique et le toc».[44] Comme les maîtres du désert, il nous met en garde contre les déductions faciles sur la sagesse naturelle du cœur humain.

Dieu seul me révélera qui je suis 'en vérité'. Il ne pourra le faire qu'au cours de ma vie tout entière si j'apporte progressivement en sa présence mes pensées et mes désirs profonds, sans crainte ni fraude. Au désert, 'manifester ses pensées' à un

---

[43]Henri de Lubac, *Paradoxes; Nouveaux paradoxes*, Paris, éd. du Seuil 1983, p. 86.
[44]Ibid. p. 93.

Ancien revêt une importance capitale, non tant en raison du bon conseil ou de la solution qu'il pourrait donner aux problèmes, mais surtout par le fait que l'Ancien 'incarne' une vérité qui dépasse toute présence humaine. Les fugues mentales du novice, l'enchevêtrement de ses fantasmes et de ses obsessions sont mis à jour; en retour il ne reçoit parfois qu'un maigre signe qu'il a été entendu, rien qui ressemble à un accompagnement psychologique. Mais ce qui devait être fait est fait: le novice a appris à ne pas 'suivre son cœur' au sens de prendre tout ce qu'il y découvre pour du bon argent. Il s'entraîne à voir son cœur dans toute sa complexité avide et effrayante, et il apprend à nommer cette réalité. Comme tant de récits le montrent clairement, il n'y a pas de progrès sans 'manifestation des pensées'. «Rien ne réjouit autant l'ennemi, dit Jean le Nain, que ceux qui ne manifestent pas leurs pensées».[45]

Pour les moines et les moniales du désert, la clé de la croissance consiste à se montrer sans défense devant l'Ancien qui représente Dieu. Il n'est pas question d'une simple soumission à l'autorité d'un Ancien qui dicterait ce qu'il faut faire. Lorsque le novice aborde l'Ancien et dit, selon la formule consacrée: «Dis-moi une parole», il ne demande ni un ordre ni une solution, mais un message qui le stimule et le fait croître dans une plénitude de vie. Ces entretiens ne sont jamais théoriques et les Anciens sont cinglants envers ceux qui ne cherchent qu'à discuter.[46] «Le désert a produit des gens qui guérissent et non des penseurs» comme l'a si bien dit le Père John Chryssavgis.[47] En approchant l'Ancien pour manifester ses pensées et recevoir une parole qui sauve, le novice se rend vulnérable. Là se trouve le cœur de la transformation; mais, selon les propos du Père de Lubac, nous ne sommes pas du tout sûrs d'être prêts à en payer le prix.

---

[45]Alph. Poemen 103, p. 237.
[46]Alph. Théodore de Phermé 9, p.107.
[47]J. Chryssavgis, *In the Heart of the Desert*, p. 76 (notre traduction).

Essayons d'imaginer encore une fois ce que serait l'Église si ses membres envisageaient leur vocation sous ce double aspect: mettre le prochain en relation avec Dieu et s'engager dans une recherche de vérité sur eux-mêmes, sans craindre que leur vie spirituelle soit méprisée ou jugée non conforme. Pour y parvenir, une bonne dose d'audace serait nécessaire! Une Église qui ne pratique pas, dans la durée, une certaine discipline spirituelle – qu'elle soit de nature monastique ou non – est un lieu de vie frustrant pour ses membres; de plus, son témoignage apparaîtra fort peu crédible pour la société environnante.

Quelques-uns des thèmes abordés dans ce chapitre traitent des crises, ouvertes ou occultées, de notre civilisation. Nous vivons dans une société profondément marquée à la fois par l'individualisme et par le conformisme. Les Pères et les Mères du désert, quant à eux, réussissent à échapper à l'un et à l'autre et pour eux, l'Église a pour vocation d'éviter ces deux pièges. Arrêtons-nous un instant au paradoxe de l'individualisme et du conformisme. Nous sommes fascinés par le pouvoir de la volonté individuelle et totalement engagés à porter à son maximum ce pouvoir qui permet de façonner et de déterminer la vie personnelle en multipliant les possibilités de choix. D'une manière assez curieuse, comme l'a fait remarquer récemment le philosophe Raymond Plant,[48] dans un tel environnement la religion, du moins une certaine religion, peut être tout à fait acceptée. Elle devient une option parmi d'autres que les consommateurs en mal de développement personnel peuvent choisir. La religion enrichit l'offre du marché. Dans ce contexte, les personnes attirées par la religion pourraient bien

---

[48] Raymond Plant, *Politics, Theology and History*, Cambridge University Press, 2001, ch. 11 et 12

inverser les propos de Jésus à ses amis : «Nous t'avons choisi pour que nous puissions vivre la vie que nous souhaitons».[49]

Malheureusement nous sommes très naïfs devant nos choix, oubliant que leur palette quasi illimitée procède d'un monde lourdement orienté et manipulé. L'adolescent rebelle doit endosser une identité toute prête, commercialisée professionnellement par les nombreux fabricants qui ont décidé du look type pour ados rebelles. La publicité normalise nos rêves. Nos choix sont constamment calqués sur le conformisme et lorsque nous essayons d'y échapper, les voies possibles sont encore balisées par le marché omniprésent. «Ne sois pas comme tout le monde», nous susurre la pub qui fait tout pour nous aligner sur la masse des consommateurs qu'elle convoite.

Le désir ardent d'individualité, la pression du conformisme, la fascination de la volonté réduite aux choix du marché, tels sont quelques-uns des nœuds gordiens auxquels est confronté notre monde contemporain. Et pour comprendre pleinement ces enchevêtrements, peut-être avons-nous besoin d'user d'un peu plus de théologie qu'à l'ordinaire. L'auteur orthodoxe russe, Vladimir Lossky, a fondé une grande partie de sa théologie sur l'affirmation, controversée, selon laquelle nous devons rigoureusement distinguer l'*individu* de la *personne*. Absolument unique, la *personne* ne peut être réduite à une formule. Elle est constituée du tissage singulier des relations qu'elle entretient. Lossky s'appuie d'évidence sur ce que nous croyons au sujet des *personnes* de la Sainte Trinité, sur la manière dont Dieu se rend personnel. Quant à l'*individu*, notion essentiellement abstraite, il désigne simplement un spécimen de la nature humaine. On peut en parler en termes généraux, même au moyen de clichés. Un *individu* est un cas

---

[49] Jean, 15.16 : «Ce n'est pas vous qui m'avez choisi, c'est moi qui vous ai choisis et institués pour que vous alliez, que vous portiez du fruit et que votre fruit demeure"».

parmi d'autres qui illustre comment fonctionne l'ensemble des capacités, des désirs et des instincts humains. Ainsi, l'exercice du choix, au sens moderne du terme, relève plutôt de l'*individu* que de la *personne*.[50] Quand je choisis *ceci* plutôt que *cela*, j'exerce une capacité commune à tous, rendant compte d'un besoin bien humain. Pouvoir choisir découle de l'ordre naturel de notre humanité agissante, mais cet acte ne suffit pas à faire de nous des personnes. Peut-être aimons-nous croire que nos choix nous distinguent des autres et sont révélateurs, pour eux comme pour nous, de notre identité. Mais au contraire, comme Lossky et d'autres auteurs chrétiens orientaux de ces dernières décennies[51] le perçoivent, nos choix sont peut-être ce qu'il y a de moins original et de moins intéressant en nous. On pourrait même dire que la *personne* mature n'est pas celle qui dispose du plus de choix possibles, mais celle qui, sans se référer aux possibilités offertes, agit librement à partir de ce qu'elle est, sans contrainte, sans besoin de s'affirmer ou de se tracasser pour être plus authentique.

Nous ne pouvons donner sens à ces propos qu'en réfléchissant à Jésus dans sa manière si totalement différente et libre de vivre son humanité. L'histoire rapporte un certain nombre de disputes autour de sa personnalité et de l'étendue réelle de son libre arbitre en tant qu'être humain : par exemple, sous l'énorme pression de Gethsémané, aurait-il pu décider de s'échapper, de s'en sortir autrement ? Si la réponse est non, comment pouvons-nous dire qu'il a vraiment été « tenté en

---

[50] L'exposé le plus complet de ces thèmes dans la pensée de Lossky se trouve dans le recueil d'essais publié après sa mort sous le titre : *À l'image et à la ressemblance de Dieu* (coll. «Le buisson ardent»), Paris, Aubier-Montaigne, 1967, particulièrement aux chapitres 6 et 7, ainsi que dans le «Postscript» de *Orthodox Theology: An Introduction* (autre ouvrage posthume publié à partir de transcriptions de leçons données à Paris), St Vladimir's Seminary Press, 1978, pp. 119-137.

[51] Voir en particulier l'ouvrage d'Olivier Clément, disciple de Lossky, *Questions sur l'homme*, 2ème édition, Québec, 1987, et *La révolte de l'Esprit. Repères pour la situation spirituelle d'aujourd'hui*, Paris, Stock/Monde Ouvert, 1979 ; voir aussi l'ouvrage du théologien grec Christos Yannaras, *La liberté de la morale*, Genève, Labor et Fides, 1982.

tout comme nous le sommes» (Hébreux 4.15)? Si la réponse est oui, est-ce que cela ne rend pas caduque notre croyance qu'à chaque instant sa nature humaine communiait pleinement et sans équivoque avec celle de Dieu? Peu après l'époque des premiers Pères et Mères du désert, la question suivante a gravement déchiré l'Église d'Orient: Jésus disposait-il d'une volonté ou de deux, l'une divine, l'autre humaine? Ou bien, n'y avait-il en Lui qu'une seule volonté constituée des deux? La dernière option suppose que s'il n'y avait qu'une personne en Jésus comme le soutenait la formule officielle, il ne pouvait disposer que d'une volonté. Mais après de longues et amères bagarres, l'Église décida que, vu les deux natures divine et humaine du Christ, il fallait parler de deux volontés.

Nous demeurons perplexes devant une telle complexité; pourtant, pour la question qui nous occupe, elle est de la plus grande pertinence. Pour les théologiens orthodoxes de l'époque, la 'volonté' représentait un ensemble de dispositions inscrites dans notre nature; à tel type de personnes correspondait tel type de désirs. Choisir les choses qui vont de soi est une activité 'naturelle'. Ainsi, au jardin de Gethsémané, Jésus agit selon sa volonté humaine, et celle-ci, comme toute volonté humaine, le pousse à vouloir vivre et se rebeller face au risque de mourir. Elle lui permet d'envisager ce risque et de faire le nécessaire pour y échapper. Dans un sens purement formel et abstrait, elle le rend capable de 'choisir' de survivre, parce que c'est le propre de toute volonté humaine.

Mais la volonté humaine ne dit pas tout de la personne humaine et en parler sans tenir compte de celui ou celle qui régit cette volonté reste bien abstrait. Il n'existe pas de volonté désincarnée, même s'il est vrai que certains écrivains modernes, romanciers et psychologues de tout acabit, l'envisageraient volontiers. En réalité les décisions sont prises par des gens bien réels. Et quand une personne vit en totale cohérence avec elle-même, qu'elle est consciente de sa vocation à entrer dans une intimité sans réserve avec Dieu son Père, elle n'a, comme on dit, 'pas le choix'. Non pas que quelque chose d'extérieur vienne limiter ses possibilités, mais cette personne est en réalité si forte, elle a une identité si affirmée qu'elle n'agira qu'en accord avec ce qu'elle est. Pour Jésus, le choix consiste à faire ce que Dieu lui confie pour le salut du monde. Cela n'empêche pas un bouleversement émotionnel ni la conscience aiguë du prix à payer; face à ce qui arrive, un mouvement de recul est même possible, mais il n'y a pas de place pour un doute fondamental. Confronté à l'angoisse et à l'agonie, Jésus n'est pas exempté de la terrible décision humaine, mais ce qu'il est dans sa *personne* résout définitivement son dilemme. Il est complètement libre d'être lui-même. En fait, qu'il se détourne de sa vocation s'avère parfaitement impensable – cette éventualité n'est envisageable qu'en théorie puisque tout être humain peut théoriquement se prononcer pour ou contre quelque chose. Pourtant la liberté de Jésus n'est en rien diminuée; son choix souligne au contraire la plus grande des libertés.

Justement – et c'est un sujet qu'il vaut la peine de creuser – les moines théologiens du VIe siècle faisaient volontiers la comparaison entre les tentations de Jésus et les tentations humaines. Ils ont cherché à comprendre à partir de quand une tentation prend la forme d'un péché mental. Le fait que Jésus ait souffert d'une réelle tentation humaine implique qu'il a passé par les mêmes processus mentaux que nous. Et s'il pouvait être tenté sans pour autant être trouvé coupable, il doit exister dans nos esprits et dans nos cœurs un passage où nous devenons conscients de la possibilité, parfois même séduisante, de faire une faute, sans qu'elle implique notre refus conscient de Dieu. L'étude attentive de la doctrine du Christ s'avère tout à fait pertinente pour accompagner ceux qui sont tourmentés par des pensées incontrôlables. Il arrive un moment où nous accueillons délibérément l'image mentale d'un méfait puis, toujours en imagination, nous lui donnons peu à peu corps et là commence notre responsabilité.[52] Souvenons-nous donc que Jésus a tout à fait connu les limites de la nature humaine qui incluent l'éventualité d'être traître, lâche, orgueilleux. Il était bien conscient que ces comportements font partie de sa nature humaine, mais il ne les a pas accueillis, il n'y a pas cédé. Aussi est-il possible de le décrire comme étant sans péché. Voilà de quoi nous encourager !

Une partie du problème vient peut-être des lecteurs modernes, particulièrement en Occident, qui ont un peu tendance à idéaliser ce qui est difficile et pénible. Surtout depuis Kant au XVIIIe siècle, les bonnes actions sont celles qui exigent de grands efforts et de rudes combats. Notre réflexion morale s'est concentrée sur les difficultés de la prise de décisions plutôt que sur le lent développement de la personnalité au cours de la vie. Pensons aux personnes dont l'intégrité morale et spirituelle a tellement compté pour nous que nous en gardons l'empreinte : nous voyons que leurs manières n'attirent en rien l'attention sur la difficulté ou les efforts particuliers qu'elles font pour être bonnes. Leur façon d'être semble toute naturelle. Elles sont devenues des *personnes* d'un genre à part et cette particularité personnelle modifie peu à peu leur nature ; ayant accès à leur désir, elles font les choses un peu différemment. La théologie orthodoxe nous offre une fois de plus une clé d'interprétation puisqu'en tant que *personne*, Jésus est un avec la Parole de Dieu. Sa communion parfaite avec le Père en vient à transformer la nature humaine, lui qui par amour soumet à Dieu chaque parcelle de sa vie et de sa mort. Ceux qui vivent

---

[52] On trouve dans la *Philocalie* plusieurs discussions sur la phénoménologie de la tentation et sur la manière dont le Christ a été tenté ; voir Hésychius, « Sur la vigilance et la sainteté » in *Philocalie des Pères neptiques*, fasc. 3 (1981), pp. 30-33, et Jean Damascène, « Sur les vertus et les vices », *ibid.*, fasc. 7 (1986), pp. 54-56.

de sa grâce voient *leur propre* nature humaine se transformer au fur et à mesure que leur relation personnelle avec Lui se développe. Leur croissance puise dans la plénitude permanente et accomplie de sa personne. Transformée par sa liberté divine, leur nature humaine devient, si l'on peut dire, une 'seconde nature'.

Ainsi, un saint n'est pas quelqu'un qui nous amène à penser que sa vie est pénible, qu'il a une volonté héroïque, et que par conséquent c'est bien trop difficile pour nous. La vie du vrai saint nous amène plutôt à nous étonner qu'un tel comportement paraisse si naturel – avec peut-être sous-entendue la question: «Comment trouver ce qu'il a trouvé?». La vie des saints est pleine d'incidents qui prouvent que des comportements extraordinaires peuvent survenir, apparemment sans effort, dans des situations de tension extrême. John Fisher, évêque de Rochester, devait être exécuté pour avoir refusé d'approuver la politique d'Henri VIII. Le jour de son exécution, il fut réveillé pour apprendre que sa décapitation serait retardée de quelques heures. Il répondit que, dans ce cas, il se rendormirait volontiers un moment! De même, le matin de son exécution, on demanda au martyr protestant John Bradford, s'il avait peur ou s'il était troublé. Il répondit qu'il avait dormi profondément et pour preuve, son sommeil n'avait même pas été troublé par les chants bruyants de la cellule voisine! Plus récemment, lors de son arrestation par la Gestapo en Hollande, Edith Stein, sœur carmélite convertie du judaïsme, répondit simplement au «Heil Hitler!» de l'officier allemand par l'ancienne salutation monastique: «Laudetur Jesus Christus, Jésus-Christ soit loué!».

Tous ces exemples illustrent ce que Lossky appelle l'agir personnel. Ce sont des réactions frappantes, singulières, parfois même bizarres, de la part de gens qui, en accord parfait avec eux-mêmes, ne semblent obéir à aucune programmation propre à l'*individu*. En réfléchissant à leur exemple, nous allons voir plus clairement la différence entre ce qui vient de la *personne* et ce qui vient de l'*individu*. Nous verrons aussi pourquoi cette distinction est nécessaire pour saisir pleinement ce que les Pères et les Mères du désert ont à dire sur la vocation et la sainteté. Ceci confirmera combien la littérature du désert tient des propos pertinents sur ce qu'est la communauté de l'Église, ce qu'elle pourrait ou devrait être. Précisons qu'une communauté ne rassemblant que des *individus* est à peine une ébauche de communauté: c'est plutôt un lieu où les egos jouent des coudes pour obtenir des avantages, où les gens rivalisent pour la même marchandise et ne tiennent ensemble que grâce à des règles supportées, non sans réticence, pour limiter les dégâts. Néanmoins, une communauté de gens formés à vouloir ce qu'ils sont censés vouloir, à marcher au pas cadencé dans une totale conformité, ne manquerait pas de problèmes: il faudrait y assurer une surveillance réciproque pour obtenir l'unanimité, chacun étant conscient d'être constamment contrôlé. Beaucoup de groupements ont pris cette direction au cours du dernier siècle.

En fait l'Église est censée être, avant tout, une communauté de *personnes*, au sens donné jusqu'ici. C'est un lieu où la découverte des différentes vocations peut devenir une source d'enrichissement et de plaisir mutuels, et non de menace, un lieu où les différences réelles sont cultivées. Je ne fais pas allusion au devoir évident de l'Église d'accueillir toutes les races et les cultures, mais au fait qu'elle doit savoir tirer parti des différents dons de ses membres et de leurs histoires personnelles. Une Église où une telle diversité est évidente est une Église saine qui regroupe toutes sortes de personnalités singulières. On a souvent dit la même chose des communautés monastiques, même si c'est parfois du bout des lèvres. Une communauté est malsaine lorsque son unité se résume à une homogénéité des opinions et des coutumes, de sorte que certaines formes de spiritualité ou d'expression de foi, incarnées par l'un ou l'autre de ses membres, deviennent l'objet de mépris ; l'acceptation sans discussion de ce qui se fait communément y passe pour une vertu, et on y trouve une sorte d'acharnement à être identique au niveau du langage, de l'habillement, etc. Mais prenons garde de penser que c'est le problème de la droite ou de la gauche, ou, plus généralement, le problème 'des autres' et qu'il ne nous concerne pas.

Arsène et Moïse manifestent des différences irréductibles de 'tonalité' dans leur réponse à l'appel de Dieu au désert, mais la position de la tradition qui a conservé leur histoire c'est de demander : « Où est le problème ? ». J'utilise le terme 'tonalité' car la métaphore musicale permet souvent d'évoquer au plus près ces différences propres à la communauté chrétienne : différentes voix, différents instruments, mais en finale une œuvre limpide et magnifique. Toutefois, je me permets d'insister encore sur ce point essentiel car il dépasse largement l'idée d'un simple épanouissement personnel. Une Église qui ne fait que reconnaître des *préférences* chez ses membres s'enferre dans l'individualisme ; elle n'a pas encore accompli sa véritable tâche, celle qui consiste à découvrir l'appel de Dieu bien au-delà de 'l'écoute simpliste et superficielle du cœur', devenue si souvent notre priorité. Ce travail exige de s'y consacrer avec persévérance ; c'est d'ailleurs pour cette raison que l'Église s'investit autant dans la bénédiction des engagements à vie comme le mariage, la consécration au ministère, la vie monastique. Non que tous soient tenus de s'engager dans l'une ou l'autre de ces voies, mais il est bon de rappeler à tous les chrétiens que leur baptême les destine à la découverte patiente et fidèle de l'œuvre de la grâce en eux. Travailler ensemble à l'accomplissement de cette vocation requiert à la fois une vulnérabilité partagée, rendue possible par la confiance construite dans la durée, et une qualité de silence qui dénonce nos identités illusoires: on en revient à 'la vie et la mort avec le prochain'!

Si l'Église parvient à remplir ce mandat plutôt difficile, elle deviendra ce qu'elle doit être: un puissant défi lancé à toutes sortes de corporations pour qui la réalité de la *personne* ne compte pas, qu'il s'agisse de pressions subtiles à la consommation ou de la tyrannie ouverte du totalitarisme. L'Église va aussi contester nos tendances à court-circuiter les moyens de développer des échanges personnels de qualité. Prenons par exemple, dans le domaine de l'éducation, l'idée alléchante d'économiser de l'argent en diminuant le nombre d'enseignants au profit des ordinateurs; ou, plus grave, la facilité avec laquelle on redéfinit comme 'dommages collatéraux' les victimes civiles de la guerre. L'Église n'aura sans doute pas de solutions précises – elle en a rarement – aux problèmes pratiques dans ces différents domaines, mais elle a le droit et le devoir de rappeler qu'en prenant de tels raccourcis, la société est menacée.

Dans cette perspective, comment définir une 'vie spirituelle' authentique? Une réponse possible serait qu'elle développe en nous un goût irrépressible pour la vérité, de préférence à la sincérité. Nous ne savons pas ce que nous allons devenir, quel visage nous renverra le miroir que Dieu nous tendra au dernier jour; mais nous pouvons continuer à nous interroger sur l'étrange attirance qu'exerce sur nous le lourd fardeau qui nous pousse à nous justifier ou à nous 'créer' nous-mêmes, et continuer à déplorer notre résistance à devenir ces êtres humains authentiques, transfigurés par la communion de *personne* à *personne* que Jésus a initiée pour nous.

Vers ma source et mon ancrage

Chapitre 3

Fuir

Vers ma source et mon ancrage

On disait de abba Théodore de Phermé, que les trois choses qu'il tenait pour capitales, étaient la pauvreté, l'ascèse et la fuite des hommes.

Dans les écrits du désert, le thème de la fuite revient souvent. À priori c'est une manière assez évidente d'exprimer la simple séparation physique qui découle forcément du retrait dans le désert. Mais, comme nous l'avons déjà vu, les choses sont un peu plus compliquées. Voici ce que nous rapporte l'une des premières traditions concernant Arsène: alors qu'il est encore 'dans le monde', une voix divine se fait entendre: «Fuis les hommes et tu seras sauvé.»[53] Une autre histoire, probablement un peu postérieure et reliée au nom de Macaire, indique que les moines des premières générations étaient déjà avertis des différents sens possibles de cette expression.

Abba Isaïe interrogea abba Macaire disant: «Dis-moi une parole». Le Vieillard lui dit: «Fuis les hommes». Abba Isaïe lui dit: «Qu'est-ce que fuir les hommes?». Le Vieillard lui dit: «C'est demeurer assis dans ta cellule et pleurer tes péchés».[54]

---

[53]Alph. Arsène 1, p. 29.
[54]Alph. Macaire 27, p. 176.

Certes les moines et les moniales du désert s'éloignent des systèmes sociaux de leur temps pour fuir le conformisme et la médiocrité religieuse. Mais ils ne fuient assurément pas les responsabilités ou les relations humaines. Tout ce que nous avons vu jusqu'à présent souligne qu'ils assument des responsabilités grandissantes vis-à-vis d'eux-mêmes et des autres; pour eux, la relation aux autres est essentielle à la compréhension de leur vocation. Comme le suggère cette sentence de Macaire, 'fuir', 'rester assis dans sa cellule', c'est renoncer au luxe de résoudre ses problèmes en leur tournant le dos, littéralement ou physiquement, et c'est endosser la responsabilité de ses péchés ('pleurer'). Comparons ceci avec la sentence d'Antoine à Poemen : « Voici la grande œuvre de l'homme : rejeter sur soi-même sa faute devant Dieu et s'attendre à la tentation jusqu'au dernier soupir ».[55] Gérer son angoisse en ayant recours à la compagnie des humains (au lieu d'y faire face seul dans sa cellule), revient à émousser la lame tranchante de sa responsabilité et crée l'illusion de pouvoir arranger sa situation à son gré. C'est comme changer de meubles, de décor en imaginant que tout ira mieux intérieurement; c'est parler aux autres et les manipuler à notre profit pour adoucir et alléger la culpabilité qui nous assaille. Par exemple, quelqu'un nous a blessé, offensé, nous a accusé ou nous a simplement fait remarquer ce que nous ne voulions pas reconnaître; il est très tentant de nous adresser à une autre personne pour l'entendre dire que nous sommes formidable et que les critiques à notre égard ne sont pas dignes d'attention. Agir ainsi est aussi illusoire que boire de l'eau salée pour étancher sa soif. Réduire au silence toute critique exige beaucoup d'énergie et la quête d'absolution peut tourner à l'obsession. C'est bien là le 'fardeau lourd' de la justification de soi qui fait dire aux Pères du désert: « Fuis ! », retire-toi loin de ceux qui te réconfortent et qui t'en-

---

[55] Alph. Antoine 4, p. 21.

traînent par la même occasion dans une vie de frustrations sans fin.

En langage contemporain, nous dirions que nous sommes encouragés à fuir toute 'projection': la projection des autres sur nous, la nôtre sur eux et nos attentes démesurées par rapport à nous-mêmes. En fait, dans le lexique des Pères du désert, le mot 'fuite' désigne une grande variété d'expériences qui ont toutes un rapport avec ce que nous nommons la 'projection'. Il faut par exemple fuir les 'pensées' – *logismoi* en grec –, terme technique de la littérature monastique désignant les chaînes de fantasmes obsessionnels qui envahissent la vie intérieure.[56] Il faut fuir les positions et les honneurs[57], fuir les discours.[58] «Ne prends pas plaisir à la conversation avec les hommes»[59], dit Macaire avec une certaine austérité. En définitive, l'essentiel est de fuir les paroles.

Ce sujet est bien entendu étroitement lié aux thèmes des chapitres précédents. Puisque notre vie dépend de notre prochain, nous devons nous abstenir de tout ce qui pourrait enchaîner celui-ci. 'Fuir' implique ici une attention rigoureuse à tout ce que nous disons au prochain ou à tout ce que nous disons de lui. Chacun a reçu une vocation personnelle et distincte. Chacun a donc droit à l'espace nécessaire pour croître, non comme nous le voulons mais comme Dieu le souhaite! 'Fuir', c'est développer une sensibilité aiguë à ce que nous disons, maintenir une distance qui respecte l'intimité du cœur ou de la conscience de l'autre.

---

[56]Évagre et Cassien en parlent longuement dans la *Philocalie*. Cf. *Philocalie des Pères neptiques*, Bégrolles-en-Mauges, Abb. de Bellefontaine, fasc. 8, 1987, pp. 27-43 (Évagre), et 9, 1989, pp. 73-100 (Cassien).

[57]Alph. Cronios 5, p. 158, qui rapporte l'anecdote d'un moine qui avait été un employé d'état de haut rang et qui, dans le désert, se distinguait par le peu de cas qu'il faisait de l'image qu'il donnait de lui.

[58]Alph. Macaire 16, p. 175.

[59]Alph. Macaire 41, p. 182: «Fuis les hommes, demeure dans ta cellule, pleure tes péchés et n'aime pas la conversation des hommes, et alors tu seras sauvé».

On retrouve dans quelques histoires une forme très particulière de 'fuite' qui donne matière à réflexion. Cette 'fuite' concerne la conviction que certains se forgent sur nous, croyant savoir ce que nous devons et pouvons faire pour être utiles à l'Église. C'est le cas de l'ordination, souvent présentée comme un fardeau et une tentation à éviter. Quand Jean Cassien donne aux moines son célèbre conseil de fuir et les femmes et les évêques,[60] il pense au danger encouru dans l'entourage d'un évêque, à savoir se faire aussi ordonner. Occasionnellement, il arrivait qu'un moine du désert soit ordonné contre sa volonté ou son propre discernement. Théodore de Phermé, par exemple, fut nommé diacre, mais il évita constamment d'exercer ce ministère, prenant même la fuite si nécessaire.

Chaque fois, les Vieillards le ramenaient à Scété, disant: «N'abandonne pas ta diaconie». Abba Théodore leur dit: «Laissez-moi prier Dieu qu'il me garantisse clairement que je doive occuper ma place dans la liturgie». Et il priait Dieu en ces termes: «Si c'est ta volonté que je me tienne à cette place, assure-m'en». Alors lui apparut une colonne de feu, partant de la terre jusqu'au ciel, et une voix lui dit: «Si tu peux devenir comme cette colonne, va et sois diacre». Entendant cela, il décida de ne jamais accepter. Or donc qu'il vint à l'église, les frères lui firent la métanie (humble prosternation) disant: «Si tu ne veux pas être diacre, au moins tiens le calice». Mais il refusa disant: «Si vous ne me laissez, je vais quitter ce lieu». Aussi le laissèrent-ils tranquille.[61]

À partir de ces faits, il serait tentant de dire que ces moines évitaient de prendre leurs responsabilités ou qu'ils se référaient à des modèles impossibles à atteindre pour justifier leur

---

[60]Jean Cassien, *Institutions cénobitiques* XI, 18 (coll. "Sources Chrétiennes" 109, p. 445).
[61]Alph. Théodore de Phermé, 25, p. 110. Cf. Alph. Isaac des Cellules, 1, p. 137 et Pierre de Dios, 1, p. 270.

refus d'officier. Mais il vaut la peine d'essayer de comprendre pourquoi les Pères avaient une perception aussi négative de l'ordination. Théodore en voit une représentation sous la forme d'une colonne de feu unissant la terre et le ciel. On se souvient aussi de l'histoire impressionnante de abba Joseph qui levait ses mains vers le ciel et ses doigts ruisselaient de feu.[62] Si la vocation du moine c'est 'deviens feu!', d'où peut venir la réticence de Théodore? J'imagine que cet impératif personnel à 'devenir feu' est *identifié* à la visibilité d'un service dans l'Église, comme si l'ordination comprenait le risque d'une mainmise sur un destin qui, en fait, demande une vie entière de prière et de vigilance pour se réaliser. Pour Théodore, être diacre signifiait probablement revendiquer une telle plénitude spirituelle qu'il considérait extrêmement arrogant de prétendre la posséder. L'Église n'incite certes pas à comprendre en ces termes chaque résistance liée à la vocation d'un ministère ordonné; néanmoins, ce récit devrait alerter toute personne consacrée, ne serait-ce que par sa claire indication qu'exercer un rôle public dans le culte implique de se tenir dans la fournaise de l'action divine qui unit terre et ciel. Si nous ne voyons pas que cette position est redoutable, nous passons à côté d'une vérité essentielle.

Le plus souvent, la méfiance à l'égard des ministères consacrés est nettement moins complexe. Elle concerne aussi d'autres personnes que celles qui se débattent avec la possibilité d'être ordonnées. Cette méfiance est probablement à mettre en rapport avec le statut, et donc avec les attentes, qui lui sont associées. Encore des projections! Pour Théodore, le danger réside dans l'intensité spirituelle propre à la fonction que la personne ordonnée doit remplir et aussi, de façon plus terre à terre, dans les effets du pouvoir et des honneurs tout aussi

---

[62] Joseph de Panépho, 7, p. 142, cf. Joseph de Panépho, 6, p. 142 («Tu ne peux devenir moine si tu ne deviens tout entier comme un feu qui se consume»), une version plus prosaïque de ce qui est évidemment la même tradition.

dommageables spirituellement. Certains seront forcément appelés à exercer un ministère public. Jamais les écrits du désert ne s'insurgent contre les sacrements ni contre l'institution au point de vouloir réinventer l'Église pour tenter d'en faire une communauté d'âmes parfaites, trop spirituelles pour recourir aux moyens habituels de la grâce. Mais il est vrai que la vocation monastique sera difficilement compatible avec une vie exposée aux attentes des autres et piégée par l'illusion de la dignité acquise. Encore une fois, ce n'est en aucun cas un problème limité aux ministres de l'Église; il concerne toute fonction impliquant des occasions précises de 'bien faire' et de gagner ainsi réputation et respect. La question n'est pas de savoir si quelqu'un doit ou ne doit pas assumer ses responsabilités dans l'Église ou le cas échéant dans la société. Au désert, la responsabilité première est, nous l'avons vu, celle de sa propre croissance, de la croissance les uns par les autres et de l'honnêteté devant Dieu.

Je me demande si l'ambivalence concernant le ministère ordonné n'a pas quelque chose à voir avec la liberté qu'a le ministre de parler, d'instruire, d'expliquer, d'exhorter et même de diriger. Nous avons vu combien les Pères du désert peuvent être méfiants à l'égard des théologiens professionnels et des penseurs; beaucoup d'histoires traitent de la nécessité d'éviter à la fois les discussions théoriques et les certitudes excessives sur les questions théologiques.[63] Dans un tel contexte le ministère d'orateur professionnel n'est guère recommandable ! 'Fuir' les discours est parfois présenté comme la fuite par excellence. Par exemple, dans cette histoire de Macaire:

---

[63]Alph. Poemen, 8, pp. 217-218: Un visiteur cherche à parler de 'choses spirituelles' avec Poemen; mais celui-ci ne réplique que lorsque son hôte se met à lui demander conseil sur les passions de l'âme. Ceci renvoie à Alph. Poemen, 62, p. 229, déjà cité dans la note 9, chap. I. Cf. Alph. Antoine, 17, pp. 23-24, où l'on lit une éloge à abba Joseph pour sa réponse: «Je ne sais pas» à une question sur le sens d'un texte.

Abba Macaire le Grand disait aux frères, à Scété, lorsqu'il congédiait l'assemblée: «Fuyez, mes frères». Un des Vieillards lui demanda: «Où pourrions-nous fuir au-delà de ce désert?». Lui, il mit son doigt sur sa bouche disant: «Fuyez cela». Et il entrait dans sa cellule, fermait la porte et s'asseyait.[64]

Quelle jolie image que celle de ce vieux moine un rien désabusé, qui parcourt du regard les étendues de sable et se demande où fuir plus loin encore… et, d'un seul geste, cette réponse immédiate et éloquente de Macaire! Aussi éloignés physiquement que nous puissions l'être des tentations habituelles, nous ne sommes pas à l'abri des dégâts causés par ce que nous disons, (ou même écrivons) ces opinions exprimées dans des échanges plus ou moins honnêtes, ces conversations où les jeux de pouvoir sont à peine dissimulés – incluant nos propos sur des sujets spirituels. Toute prise de parole est dommageable si elle ne tient pas compte des processus évoqués plus haut, à savoir faire face à sa confusion intérieure quelle qu'en soit la difficulté, et s'efforcer d'assurer à chacun un espace devant Dieu. Autrement, tout discours relève de ce système typique d'un monde qui ignore tout de lui-même et qui entraîne, selon une sentence d'un autre Père, à faire des choses stupides.[65]

Dans son hymne: «Ô Dieu de la terre et de l'autel», G.K. Chesterton parle des «discours faciles/qui réconfortent les hommes cruels».[66] Nous pourrions dire que le souci des moines et des moniales du désert consiste précisément à nous préserver de tels discours et de la cruauté qui s'en dégage, et à nous garder aussi des mensonges destructeurs que nous nous disons à nous-mêmes et les uns aux autres sur notre huma-

---

[64] Alph. Macaire, 16, p. 173.
[65] Cf. Alph. Or 14, d'après Anon. 1320 (= N 320), p. 111: «Ou bien fuis absolument les hommes, ou bien moque-toi du monde et des hommes en te faisant fou la plupart du temps».
[66] «O God of earth and altar». «Easy speeches / That comfort cruel men» (n.d.t.).

nité. Reprenons l'observation d'Annie Dillard à propos du processus d'écriture : il faut abandonner la partie du texte qui nous paraît la meilleure – celle qui souvent correspond le mieux à nos attentes. Si nous n'exerçons pas un regard critique, le processus d'écriture ne nous aura pas changés comme il aurait dû le faire. Il nous faut développer un regard impitoyable pour débusquer les faiblesses cachées, et notre tâche d'écrivain doit se faire à travers la difficulté. « Exposez le matériel déjà élaboré aux rayons X de manière à mettre en évidence la faille la plus infime, pensez-y pendant une semaine ou une année ; trouvez la solution à ce problème insoluble ».[67]

L'exemple de la radiographie se rapproche beaucoup des préceptes du désert au sujet du fardeau de l'auto-accusation. Au désert, le problème insoluble, c'est moi. La faille infime, c'est cet élément insaisissable, et non moins mortel, de l'égoïsme, de l'inattention au prochain qui menace de me laisser éternellement brisé et brouillé avec Dieu et avec moi-même. Comme l'écrivain qui se bat pour éviter fadaises et platitudes, nous fuyons la facilité surgie de notre âme ou de notre imagination ainsi que les moyens commodes de glaner l'approbation des autres. Des lecteurs disent parfois aux écrivains : « Pourquoi faut-il que vous soyez si difficiles à comprendre ? » Bien souvent, un style lourd et gauche préserve mieux de la stupidité et de l'égocentrisme. De même, les saints sont souvent des gens difficiles à vivre mais d'autant plus passionnants et provocants. Non qu'ils soient simplement capricieux ou imprévisibles – ils peuvent l'être comme tout le monde… mais c'est surtout qu'on ne peut pas les réduire à une simple formule ; on ne peut pas les enrôler pour soutenir efficacement une cause ou pour être de bons membres de parti. Ils sont bien trop préoccupés par les rayons X !

---

[67] A. Dillard, *The Writing Life…*, p. 10 (notre traduction).

Ceux qui acceptent, comme les Pères et les Mères du désert, de relever le défi de cette exigence fuiront la conformité. Non pour se garantir une liberté d'expression personnelle (une des plus grandes illusions déjà relevée plus haut), mais par souci d'une authentique communauté de *personnes*. Ils chériront le silence, non pour s'isoler des autres, mais pour «donner un sens plus pur au dialecte de la tribu», comme le dit T.S. Eliot[68] au sujet du travail de poète. Ils restaureront ainsi un langage propre à cette communauté de *personnes*, aussi libre que possible des petits jeux de pouvoir et des dérobades qui encombrent si facilement la plupart de nos conversations. Prenons l'exemple de Jésus. Au moment où il dévoile le plus clairement son identité à ses disciples, beaucoup trouvent «cette parole rude» (Jean 6.60). Il n'utilise pas une formule facile, mais sa parole devient pour eux une invitation à le reconnaître, comme à reconnaître leurs besoins les plus profonds et leur vérité la plus intime. Sa parole se dit dans le contexte d'une relation où la vérité peut être dévoilée. Il nous adresse ses paroles pour que nous les assimilions et les répétions jusqu'à pouvoir les adresser aux autres à sa place. Progressivement et par le don de l'Esprit, un nouveau langage émergera dans la nouvelle communauté des disciples; langage d'une grande simplicité nous permettant de nous adresser à Dieu: «Abba, Père»; langage plein de surprises et d'images audacieuses pour nous adresser les uns aux autres, comme en écho à ce que Dieu dit dans la Bible et dans la tradition.[69] Par son ministère, sa mort et sa résurrection, Jésus crée une communauté d'hommes et de femmes où faire des discours 'faciles' devrait être 'difficile'!

Toute recherche de vérité implique une forme de 'fuite', d'ascétisme, comme nous le rappellent les écrivains dans leurs propos sur le processus d'écriture. Toute œuvre créative, en

---

[68] In «Les Quatre Quatuors» II, trad. Pierre Leyris, éd. du Seuil, Paris, 1950.

[69] La 'tradition' est la manière dont à travers les siècles l'Église a compris et interprété l'Écriture (n.d.t.).

science ou en art, requiert du silence, de la circonspection envers tout ce qui paraît aisé. Et, à une époque où le politique semble de plus en plus dominé par le souci de l'apparence, de la mise en scène, de la réussite, où la culture de la célébrité est un commerce quotidien d'images illusoires, où le show business étend ses tentacules dans toutes les directions, nous avons besoin de trouver quand et comment 'fuir'. Gardons à l'esprit que ce n'est pas la folie des autres que nous fuyons, mais cette propension plantée dans notre être profond à nous laisser prendre à ces jeux. Rappelons-nous la formule à l'emporte-pièce citée plus haut: *«Le monde est un lieu qui nous fait faire des choses stupides»*.

Ces considérations nous amènent à tenter une nouvelle définition de la personne croyante, d'aujourd'hui comme de tout temps. Du moins essayons d'en cerner une des particularités, à savoir sa manière de parler et d'envisager le langage. Imaginons qu'il soit possible de reconnaître la foi du chrétien à sa manière de s'exprimer, c'est-à-dire sans clichés, sans moqueries déshumanisantes, sans piètres consolations! Imaginons que la conversion ne consiste pas à changer seulement les mots et les idées, mais qu'elle produise un nouveau style d'expression! Car dans 'le monde', il est presque impossible de parler sans compliquer les choses ou sans nuire à autrui.

Mais au pays de Dieu, les éloges, la patience et les propos attentifs, forcément liés à une écoute attentive, réhabilitent la parole. L'écoute ici n'a rien à voir avec certains silences déprimants, de ceux qui s'installent parce qu'il n'y a rien à dire, rien à apprendre, et que de toute façon on est toujours mal compris! Mais il s'agit d'un silence fait d'attente et d'attention, pareil à celui qui annonce l'aube... quand on retient son souffle pour ne pas troubler ce qui se dévoile dans le jour qui point.

Thomas Merton fut l'un des nombreux auteurs contemporains à écrire sur les Pères et les Mères du désert; il est fort
engagé dans la vocation chrétienne et monastique lorsqu'il
rédige, dans les années soixante, ses essais sur la dégradation
du langage utilisé à des fins de publicité ou de propagande.[70]
La vie monastique doit être le lieu par excellence où la parole
s'inscrit dans un style et un rythme de vie portant au silence,
une vie où le silence devient naturel et manifeste cette sorte
d'attente que j'ai essayé de décrire. Ce silence est indissocia-
ble d'une manière juste et créative de communiquer avec Dieu
et les uns avec les autres.

Quelques auteurs modernes, dont Merton dans certains de
ses ouvrages, parlent de la possibilité donnée à chacun 'd'in-
térioriser' la voie monastique. La meilleure manière d'y parvenir est peut-être d'apprendre à 'passer notre langage aux rayons
X'. Cette pratique peut paraître redoutable si elle est perçue
comme une censure austère, une 'police' des pensées qui tra-
que les paroles vaines. En réalité, ce que nous recherchons c'est
un langage qui annonce la vie et lui ouvre la voie, un langage
ludique et pas seulement fonctionnel, un langage qui nous
bouscule et nous transforme non par la menace, mais parce
qu'il colle à une réalité que nous commençons tout juste à per-
cevoir. S'il existait des communautés de foi qui prennent à ce
point le langage au sérieux, elles seraient des signes extraordinaires de transformation. Certes, la tradition du désert n'est
pas particulièrement explicite sur ce sujet, mais lorsque nous
cherchons à renouveler les expressions, les chants, les prières
de nos célébrations, nous devrions réfléchir à quelques-unes
de ses intuitions. Car voilà bien un domaine où trop souvent
un langage simpliste l'emporte, où nos mots sont approxima-

---

[70] Pour une vision d'ensemble, cf. *Language and Propaganda* dans W. Shannon, C. Bochen et
P. O'Connel, *The Thomas Merton Encyclopedia*, New York, Orbis Books, 2002, pp. 242-244.

tifs, redondants et détonnent jusqu'à sonner creux ou pompeux... ou peut-être les deux à la fois! Mais c'est une longue histoire... dont la fin n'est pas encore annoncée!

Évoquer le langage cultuel nous rappelle néanmoins que les chrétiens ont une raison théologique de veiller à leur façon de parler. Dans nos célébrations, nous essayons de nous 'soumettre à la Parole de Dieu' et d'accorder nos esprits et nos cœurs avec ce que Dieu a dit et continue à dire en Jésus et dans les Écritures. Nous nous souvenons que Dieu a fait toutes choses par une parole où il se communiquait lui-même; lorsque nous lui répondons, nous cherchons un langage qui reflète cette communication et lui fasse écho. Il en va de même dans tous nos échanges interpersonnels, pas seulement dans nos célébrations.

Dieu ayant tout créé par sa Parole, chaque personne, chaque chose tire son existence du fait que Dieu se communique à elle et se transmet par elle. Aussi, pour être de véritables interlocuteurs, devons-nous prêter l'oreille à la parole que Dieu nous adresse et nous transmet par chaque parcelle de la création. De là l'importance d'écouter dans un silence fait d'attente et d'attention. Une image empruntée à d'anciens textes hindous nous permet d'évoquer la Parole créatrice comme celle prononcée dans la vaste caverne de tous les possibles, lieu premier de toute existence créée. De cette obscurité montent des échos innombrables de la Parole éternelle première, les 'harmoniques' enfouies dans ce son primordial. Lorsque notre réaction aux autres et aux choses est juste, c'est comme si nous avions trouvé la note pour chanter en harmonie avec la Parole créatrice. Ou alors, exprimé dans un langage plus familier à la pensée chrétienne orientale, tout ce qui existe dans le monde repose sur un acte créateur unique de Dieu, une communication unique au sein de l'infinie communication de lui-même qu'est la Parole une et éternelle. Chaque être vivant tient dans son cœur sa propre parole, son propre 'logos'[71]; une authentique relation à tout ce qui existe est un dévoilement de cette parole.

Un livre récent sur l'utilisation de la musicothérapie avec des enfants autistes décrit remarquablement la façon dont le thérapeute doit écouter et réagir.[72] L'enfant est laissé libre de faire le bruit qu'il veut avec les instruments disposés sur le sol. Le thérapeute écoute avec la plus grande attention jusqu'à ce qu'il distingue un motif répétitif ou une forme de rythme; petit à petit il commence, lui aussi, à produire un bruit imitant celui de l'enfant. La communication s'établit et quelque chose de nouveau émerge. Il en va de même de notre coopération et de notre réponse à la Parole de Dieu: nous devons écouter attentivement ce qui, de la vie divine, nous paraît d'abord inintelligible, apprendre progressivement à lui faire écho, puis à produire des sons en union avec elle.

Les chrétiens tiennent beaucoup à l'idée de 'dire la vérité dans l'amour'; mais dans ce contexte, il ne s'agit pas de dire aux autres qu'ils ont fait fausse route, fût-ce avec charité! Il importe plutôt de trouver les mots qui entrent en résonance avec la parole créatrice à l'œuvre dans leurs profondeurs. L'amour n'est pas un mouvement de bonne volonté envers son prochain, mais la recherche active de cette parole qui prend en compte ce que Dieu veut lui dire et ce qu'Il me transmet par lui. Alors je pourrai le rejoindre dans sa vérité au lieu de lui livrer des pensées préconçues, de l'abreuver de propos convenus. Parfois, ce qui apparaît d'abord comme la réponse 'aimante' peut se révéler inadéquat. Et les écrits du désert nous

---

[71] Ce concept est particulièrement important chez Maxime le Confesseur et, à notre époque, a été utilisé par le théologien roumain Dumitru Stanilaoe, cf. C. Miller, *The Gift of the World : an Introduction to the Theology of Dumitru Stanilaoe*, Edinburgh, T. & T. Clark, 2000, pp. 60-62.

[72] M. Pavlicevic, Music therapy in context : *Music, meaning and relationship*, London, Jessica Kingsley Publ., 1997.

[73] Alph. Jean Colobos 2, p. 120; Alph. Théodore de Phermé 15 et 28, p. 108 et 111.

donnent ici et là quelques bons exemples de cette sensibilité.[73] Lorsque notre bonne volonté nous pousse à offrir une aide immédiate et spontanée, il n'est pas mauvais d'éprouver quelques hésitations si elles nous permettent finalement de mieux saisir la réalité de l'autre et de ne point céder à la pression de notre malaise. Ce terme 'hésitation' est central dans la vision de la philosophe française Simone Weil. Selon elle, il se rapporte à la manière dont nous devrions entrer en relation les uns avec les autres dans l'amour[74]: nous 'hésitons' comme on le ferait au seuil d'un nouveau territoire, d'un intérieur encore inexploré. L'hésitation fait partie du respect que nous nous devons les uns aux autres, et je pense qu'elle dit efficacement, en termes modernes, une grande partie de ce que les Pères et les Mères du désert entendaient par 'fuite'.

Toutes ces considérations devraient nous amener à réfléchir plus sérieusement à notre manière d'aborder, comme chrétiens, le vaste domaine de l'éthique. Les Pères du désert n'avaient manifestement aucune intention de promouvoir une sorte 'd'éthique de situation', c'est-à-dire de faire simplement ce qu'il y a de plus aimant; car cela ouvrirait la voie à une 'écoute du cœur' totalement insensée, puis aux illusions et aux drames sans fin. Or, si l'on en croit les écrits du désert, ce dont nous avons tous le plus besoin, c'est d'une formation à l'écoute et à l'accompagnement. Si nous ne sommes pas capables d'être patients les uns envers les autres ni d'accepter le mystère propre à chacun, il est peu probable que nous parvenions à faire la volonté de Dieu. Sans un enseignement élémentaire à l'attention, aucun comportement profondément éthique n'est envisageable. Certes, on peut s'en tenir aux règles et 'faire juste' techniquement, extérieurement. Mais, n'étant pas encore enraciné dans la *personne* que nous sommes, celle que Dieu désire que nous devenions, ce 'faire juste' risque de ne pas résister à

---

[74] S. Weil, *Intuitions préchrétiennes*, Paris, La Colombe, 1951.

l'agitation et aux tentations. Ce mode de faire peut également aller de pair avec des attitudes et des habitudes dangereuses pour nous-mêmes et pour les autres, et nous priver de trouver la vie avec et par notre prochain.

La morale chrétienne dénonce les actions qui sont toujours mauvaises : torture ou fraude, meurtre d'innocents ou de fœtus, violence sexuelle ou infidélité, etc. Mais pour comprendre les mécanismes du mal, il faut se placer en amont de l'action ; de là nous découvrons pourquoi tel geste est le produit de l'inattention, pourquoi tel autre empêche l'attention à la parole du prochain. Si nous ne saisissons pas combien il est important d'être attentif à l'autre, notre éthique ne fera jamais véritablement partie de notre quête et de notre prière pour une vie de communauté sanctifiée.

En réalité, l'éthique chrétienne maintient ensemble deux points de vue difficiles à concilier en théorie. D'un côté, une forte conviction quant aux attitudes justes qui honorent Dieu, son image en l'homme et son plan pour le monde créé ; de l'autre, une méfiance tout aussi forte à l'égard de méthodes de formation et d'exhortation qui confèrent à une personne ou à un groupe un contrôle nuisible à chacun. La littérature du désert ne donne pas de solution théorique à ce paradoxe, mais elle décrit plutôt des situations où les uns apprennent des autres. « Fais ce que tu me vois faire » dit l'Ancien au novice qui demande à être guidé ; [75] en d'autres termes, observe patiemment comment se comporte un chrétien. Pourtant l'Ancien ne prétend pas être arrivé à la perfection, pas plus que l'apôtre Paul qui invite les nouveaux convertis à l'imiter, comme lui imite le Christ (1 Corinthiens 11.1). Ce que le novice doit pouvoir observer chez ses aînés, c'est l'aveu quotidien de leurs échecs et le jugement auquel ils s'exposent ; il doit s'imprégner

---

[75] Alph. Isaac des Cellules 2, pp. 137-138, Alph. Poemen 73 et 188, p. 232 et 253, Alph. Sisoes 46, p. 286.

chaque jour de leur humble renoncement, par amour, à la sécurité et à l'autorité d'une position de supériorité. Voilà ce qu'il doit apprendre. Et peut-être que le paradoxe théorique disparaîtra, car nous le savons bien, l'envie de vivre une transformation vient généralement lorsqu'elle est offerte comme une grâce et non imposée du dehors. Souvenons-nous qu'un véritable saint ne donne pas à penser qu'il a la vie dure.

Le langage chrétien procède donc de la 'fuite' qui éloigne du sentiment de suffisance et de puissance et libère du désir d'être comblé d'approbation et de respect. Dans le silence, remarque abba Bessarion, nous n'avons guère l'occasion de nous mesurer aux autres.[76] Nous avons vu que la tradition décourage toute forme de comparaison: même le grand Antoine est ramené à la réalité quand il découvre qui est son égal d'un point de vue spirituel. Parler n'est pas mauvais en soi et ne dévalue pas la vérité. Après tout, si Dieu lui-même communique, qu'il le fait en termes humains par la vie et les paroles de Jésus, par le témoignage des Écritures, il existe certainement un langage qui ravit, qui ouvre à la révélation, transfigure et nous entraîne au cœur de la réalité. Lorsque nous avons trouvé la parole ou la phrase qui nous ancre dans la prière, le mantra qui nous pacifie et nous recentre, nous accédons à ce langage vrai. Il en résulte une grâce et un pouvoir qui vont nous mettre au diapason avec Dieu, dans une communication faite à la fois de parole et de silence. Mais trop souvent, nous ne prenons pas suffisamment le langage au sérieux comme si nous n'avions pas compris l'avertissement de Jésus selon lequel nous aurons à rendre compte de chaque parole gaspillée (Matthieu 12.36). Cela se réfère vraisemblablement à toute parole qui n'aura pas, d'une manière ou d'une autre, contribué à nous faire grandir dans la grâce avec notre prochain. Nous nous méprenons si nous pensons que Jésus nous

---

[76] Cf. Alph. Bessarion 10, p. 70.

enjoint d'avoir des propos seulement austères et fonctionnels; les paroles 'non gaspillées' peuvent aussi bien être sérieuses que ludiques. Elles sont avant tout en plein accord avec la parole que Dieu dit quand il crée – et c'est pourquoi l'art et la beauté ainsi que certaines formes d'humour ne sont pas étrangers à l'œuvre de la grâce. Par contre, nous pouvons être absolument sûrs que nous gaspillons nos paroles chaque fois que nous voulons rehausser notre réputation ou que nous défendons notre position au détriment de quelqu'un d'autre, comme si nous guettions une occasion de nous comparer ou de nous faire valoir.

Les paroles de valeur prennent du temps pour mûrir. Elles doivent émaner des profondeurs, donc de ce silence fait d'attente et d'attention déjà évoqué. Les mots vrais et créatifs ne viendront pas facilement, du moins au début. Seules les personnes ayant quelque peu progressé dans la vie avec Dieu s'exprimeront, non avec une aisance désinvolte, mais à partir d'un espace intérieur qu'elles habitent sans en être conscientes. Quant aux autres, ils devront déployer un sérieux effort pour surveiller leur langage. Ne disons-nous pas parfois à quelqu'un dont les propos sont irréfléchis ou choquants: «Est-ce que tu t'entends?» Voilà une excellente question, utile en tout temps! Le langage n'est pas mauvais en soi, mais bien souvent l'usage qu'on en fait relève déjà du gaspillage.

Le récit suivant en est une éloquente illustration:

On disait de abba Apollo qu'il avait un disciple, nommé Isaac, parfaitement éduqué pour toute bonne œuvre, et il avait acquis le recueillement lors de la célébration de l'Eucharistie (il avait le don de la prière ininterrompue). Et lorsqu'il venait à l'église, il ne permettait à personne de se joindre à lui. En effet, il avait coutume de dire que toutes choses sont bonnes en leur temps, «car il y a un temps pour chaque chose». Et lorsque la synaxe (l'assemblée liturgique) était congédiée, il s'enfuyait comme devant le feu, se hâtant de retrouver sa cellule. Or, à la fin de la synaxe, on donnait souvent aux frères un morceau de pain et une coupe de vin; mais lui ne l'acceptait pas. Il refusait donc l'eulogie (la bénédiction) des frères, mais pour conserver le recueillement de la synaxe. Or il lui arriva de tomber malade. L'apprenant, les frères vinrent le visiter. Et assis près de lui, ils lui demandèrent: «Abba Isaac, pourquoi fuis-tu les frères à la sortie de la synaxe?». Il leur dit: «Je ne fuis pas les frères, mais la ruse perverse des démons. En effet, si quelqu'un tient une lampe allumée et qu'il s'attarde au grand air, la lampe s'éteint à cause du vent. Nous de même, éclairés par la sainte Eucharistie, si nous nous attardons hors de notre cellule, notre esprit s'enténèbre.»[77]

Il est utile de se souvenir de cette histoire alors qu'on donne tant d'importance aux signes concrets de communion fraternelle qui suivent bien des célébrations. Grand bien soit dit des agapes, et Isaac ne conteste pas la valeur du café et des gâteaux! Mais lorsqu'on peine à rompre le silence, qu'on craint que la lampe ne s'éteigne, c'est qu'il vient de se produire quelque chose de très spécial. Cette expérience peut aussi bien se vivre dans les milieux profanes: dans une scène du film 'Shakespeare in love', la fin de la première représentation de *Roméo et Juliette* est saluée par un silence stupéfait; on voit alors que les comédiens se demandent un bref instant s'ils n'ont pas fait un bide. En réalité, le public a simplement été emmené hors du monde 'facile', dans un autre registre de langage et d'expérience. Les applaudissements tardent à éclater mais lorsqu'ils se manifestent, ils sont déchaînés. Nous connaissons tous ce silence qui s'impose après un concert ou une pièce de théâtre qui nous a profondément émus. Comme Isaac, nous aurions sans doute envie de rejoindre notre cellule

---

[77] Alph. Isaac de Thèbes 2, p. 151.

plutôt que de rompre cet instant. Le moment de parler viendra, mais il aura fallu du temps pour que les mots resurgissent. Même Isaac, quand on l'interpelle, trouve les mots à dire, et des mots inoubliables.

Maintenir la lumière, prendre le temps qu'il faut pour permettre l'émergence d'une parole vraie, éviter les réactions instinctives, les phrases toute faites, les habitudes ou les façons insipides de parler et d'agir, tout cela exige à coup sûr des conditions de stabilité et un cadre qui offre le temps nécessaire pour le faire. 'Fuir' ne signifie pas déménager constamment. Comme nous l'avons dit précédemment, il y a un monde de différence entre fuir ses responsabilités et 'fuir' par amour de la vérité ou de l'honnêteté, c'est-à-dire par sens des responsabilités. La tradition du désert revient souvent sur la tentation de penser qu'ailleurs la vie sera plus facile. Nous aborderons ce point dans le dernier chapitre. En réalité dans ces écrits, partir ou rester sont les deux faces d'une même médaille. Ces deux options permettent de ne pas suivre impérativement un mode de vie typique de l'*individu* (et non de la *personne*). En fin de compte il ne s'agit que de 'fuir' ses propres pulsions et créer ainsi une brèche pour sa liberté. Non point se fuir soi-même – risque dont nous verrons plus loin ce qu'en disent les Pères du désert –, mais, pourrait-on presque dire, 'fuir vers soi-même'. Tant que nous sommes aux prises avec nos manies pathologiques de nous comparer, de rechercher le prestige et de bavarder sans fin, nous ne pouvons accéder à cette identité, ni la reconnaître ni la nourrir ni la développer. Comme nous l'avons vu à plusieurs reprises, il s'agit d'envisager cette fuite comme la découverte d'un nouvel environnement, d'un espace pour respirer.

Vivre et mourir avec le prochain signifie créer l'espace nécessaire pour que l'autre découvre son lien avec Dieu. Dans une communauté composée de membres qui se veulent des *personnes* vraies, l'acceptation de différentes vocations doit se faire sans que le développement de l'une empiète sur l'autre. L'appel à fuir les privilèges, la sécurité, les discours (et même les évêques!) est un appel à s'éloigner des pressions qui ne procèdent pas de notre être profond et qui freinent notre croissance. Ces pressions, la tradition chrétienne grecque les appelle *pathe*, 'passions', terme qui n'est pas idéal pour notre propos car on a tendance à l'identifier aux émotions en général.

La vie des moines et des moniales du désert n'est pas une vie privée d'espace. Mais c'est à l'intérieur d'un territoire très restreint qu'ils s'appliquent à créer un lieu propice aux manifestations divines. En photo, le désert peut sembler vaste, mais celui dont il est question ici est aussi de la taille de notre cœur, de notre esprit et de notre imagination. Or, ceux-ci ne constituent pas des espaces infinis, ils peuvent même être tout à fait exigus. Il est coûteux l'engagement qui consiste à rester là, avec ces compagnons-là, à se plier jour après jour à ces disciplines-là, dans un environnement matériel et mental immuable. Encore une fois, il faut du temps pour découvrir que l'horizon, en apparence très ouvert, d'un monde où mes désirs superficiels peuvent s'exprimer librement, est en réalité une prison plus étroite que l'espace restreint choisi par les ascètes du désert. Lorsqu'on a appris avec plus ou moins de succès à 'fuir' certaines contrées où s'entretient l'illusion d'une existence plus facile, encore faut-il apprendre à habiter le pays de la vérité et ne pas en être qu'un visiteur occasionnel.

Le corps, mon défi, mon ermitage

Chapitre 4

Demeurer

Le corps, mon défi, mon ermitage

Si tu te trouves dans une communauté monastique, ne change pas de lieu: cela te nuirait grandement.

Les Mères du désert ont déjà été mentionnées dans ce livre. Quant à leurs sentences, elles ne représentent qu'un petit pourcentage de l'ensemble des écrits car leur enseignement, tout aussi respecté que celui des moines, restait néanmoins l'œuvre de femmes dans un monde masculin. Il est temps de se référer à la sentence de l'une d'elles, amma Synclétique, qui se sert d'une image que certains trouveront typiquement féminine.

Si tu te trouves dans un coenobium (monastère), ne change pas de lieu: cela te nuirait grandement. En effet, comme l'oiseau qui abandonne les œufs qu'il couvait les empêche d'éclore, ainsi le moine ou la vierge se refroidissent et meurent dans leur foi en passant d'un lieu à un autre.[78]

Demeurer est un thème qui revient souvent, signe qu'il relevait d'un problème des plus courants au désert. À ce sujet on se réfère fréquemment à une sentence de abba Moïse: «Assieds-toi dans ta cellule, et ta cellule t'enseignera toutes

---

[78]Alph. Synclétique 7, p. 301.

choses».[79] Apprendre à demeurer, à rester est l'une des leçons les plus difficiles du désert, plus difficile encore que certaines formes d'ascèse en apparence très strictes. Supporter sa propre compagnie et celle des autres, immédiate et inévitable, requiert une grâce toute spéciale comme le souligne Jean le Nain:

Si l'homme a dans son âme l'instrument de Dieu, il peut s'asseoir dans sa cellule, même s'il n'a pas l'instrument de ce monde. Et encore, si l'homme possède les instruments de ce monde sans avoir ceux de Dieu, à cause des instruments du monde, il peut, lui aussi, s'asseoir dans sa cellule. Mais celui qui n'a les instruments ni de Dieu, ni de ce monde, il ne peut absolument pas s'asseoir dans sa cellule.[80]

Il nous est possible d'atteindre un certain degré de stabilité en ayant recours aux ressources offertes par le monde, ces ressources dont la vie au désert cherche en fait à nous dépouiller. Mais, précisément parce qu'elle veut nous libérer de la tendance naturelle à la distraction, nourrie par la prédominance du Moi et par les fantasmes, la vie monastique nous met face à un réel problème si nous ne sommes pas ouverts à la grâce de Dieu. Il ne s'agit pas simplement de l'ennui, mais de ce que la tradition grecque nomme l'*acédie*: une des huit grandes 'passions' qui agissent sur l'âme, et que les 'fins diagnostics' du Ve siècle ont identifiées. L'*acédie* englobe les frustrations, le sentiment d'impuissance, le manque de motivation, le passage vers l'extérieur des tensions et des difficultés intérieures, etc. Évagre et Cassien en font une description classique dans leurs écrits sur les 'passions'.

---

[79] Alph. Moïse 6, p. 184.
[80] Alph. Jean Colobos 31, p. 128.

Imaginons la scène. La matinée n'en finit pas de s'étirer, il fait de plus en plus chaud et moite ; le temps est encore long avant le repas ou toute autre interruption de la routine. Les heures passées à tresser les paniers de jonc plongent l'esprit dans l'engourdissement et l'ennui... Quand la vie est aussi uniforme que le sable alentour, peut-on entrevoir la moindre avancée ? Ailleurs, il serait certainement possible de progresser ! De toute façon dans ce décor funeste, pas moyen de partager la moindre découverte, si jamais on peut y découvrir quelque chose ! D'ailleurs, cette vie n'est-elle pas égoïste ? Il y a certainement un frère qui souhaiterait une visite ou à qui rendre un service. Peut-être serait-on plus utile en ville ? C'est là que sont les vrais besoins et qu'on peut être vraiment efficace ! Mais ici... en tout cas pas et en tout cas pas maintenant...

Nul besoin d'être ermite pour expérimenter ces états d'âme. Celui ou celle qui mène une vie routinière reconnaîtra instantanément ces symptômes. En réalité, nous ne voulons pas commencer le travail sur nous-mêmes, là où nous sommes. La raison le plus souvent évoquée pour justifier ce besoin d'aller ailleurs, c'est la conviction de 'ne pouvoir en aucun cas commencer à partir de là'. Si, de surcroît, le désert, ses pratiques et ses disciplines nous ont amenés là où nous nous trouvons *réellement*, lieu où nous découvrons *réellement* qui nous sommes, c'est encore pire. Là, aucune distraction à notre disposition ! Et dans nos relations personnelles, pour autant que l'enseignement des guides spirituels soit appliqué, aucun jeu psychologique permis pour nous rassurer. L'ego perd pied et gémit, il grimace et plaide... Pour lui, la solution à ce dilemme paraît alors évidente, obligée, irréfutable et à portée de main : changer ce qui peut l'être et donc aller ailleurs !

---

[81]Cf. ci-dessus, note 56, ch. 3.

Évagre, comme tous les Pères du monachisme oriental, connaissait bien ces tentations.[81] Saint Benoît a également des propos acerbes sur les 'gyrovagues', ces moines sans cesse sur la route à la recherche de *la* communauté idéale.[82] Leur refrain : «Partout sauf ici! N'importe quels confrères, mais pas ceux-là!». Une des sentences anonymes rapporte aussi combien nous nous leurrons lorsque nous parcourons le monde pour chercher un guide spirituel qui nous convienne. Dans cette anecdote, le Vieillard demande au jeune en recherche s'il désire vraiment trouver un Ancien à qui se soumettre ou, tel un consommateur, s'il ne cherche pas plutôt quelqu'un qui se plie à sa volonté. «Est-ce là ce que tu recherches pour trouver la paix?». Nous croyons volontiers que ce qui entrave notre croissance selon l'Esprit se trouve en-dehors de nous-mêmes et nous pensons : «Ailleurs, je pourrais être plus aimable, plus saint, plus équilibré, moins porté à la critique, moins indiscipliné, capable de chanter au diapason, et probablement être aussi plus svelte! Il y a bien quelque part un vrai saint qui saura me comprendre réellement sans trop me compliquer la vie». À bien des égards, le rêve a un immense avantage sur la réalité car il n'est pas tenu d'obéir aux lois de cause à effet. Mais c'est une illusion, car ces lois font partie intégrante de notre existence.

Un des conseils propres au monachisme recommande de ne pas se hâter de changer de lieu par crainte de transmettre à qui se trouverait dans une situation semblable le message suivant : «Ce n'est pas la peine, ces gens-là sont de toute façon impossibles!».

S'il t'arrive une tentation dans l'endroit où tu habites, n'abandonne pas cet endroit au moment de la tentation, sinon partout où

---

[82] *La Règle de Saint Benoît*, ch. 1, édition de A. de Vogüé et J. Neufville, Coll. "Sources Chrétiennes" 181, Paris, éd. du Cerf, 1972.

tu iras, tu trouveras devant toi ce que tu fuis. Prends patience jusqu'à ce que la tentation soit passée afin que ton départ se fasse sans esclandre à un moment tranquille et qu'il ne cause aucune affliction à ceux qui habitent cet endroit.[83]

La relation à soi-même, avec ses hauts et ses bas, est bien mise en évidence dans ce récit anonyme:

Un frère était moine dans un monastère et souvent il se mettait en colère. Il se dit: «Je vais me retirer à l'écart et, n'ayant plus de rapports avec qui que ce soit, cette passion me quittera». Il partit donc et demeura seul dans une caverne. Un jour, ayant rempli sa cruche d'eau, il la posa à terre et aussitôt elle se renversa. Il la remplit et elle se renversa encore. Il la remplit une troisième fois et elle se renversa de même. Saisi de colère, il l'empoigna et la brisa. Rentré en lui-même, il reconnut qu'il avait été trompé par le démon, et il dit: «Voilà que j'ai voulu vivre à l'écart et j'ai péché; je retourne donc au monastère, car on a besoin partout de force, de patience et du secours de Dieu». Il se leva donc et retourna à sa première place.[84]

Si les relations interpersonnelles nous semblent difficiles, comment allons-nous gérer la relation à nous-mêmes, à notre propre corps et les contrariétés de la vie ordinaire? Le péché et ses luttes ne se limitent pas à ce que nous faisons aux autres. Les conflits vont se manifester partout, et tout d'abord dans le face-à-face avec nous-mêmes. Ainsi, demeurer dans sa cellule signifie essentiellement rester en contact avec sa réalité de créature limitée, incapable de tout contrôler, ni à l'intérieur ni à l'extérieur, de créature *inachevée* dans les mains du Créateur. Dans l'histoire précédente, le frère a atteint un niveau spirituel

---

[83]Anon. 1200 (N 200), p. 78.
[84]Anon. 1201 (N 201), p.78.

impressionnant, mais il n'en reste pas moins une personne incomplète. Ce qu'il doit encore apprendre, c'est qu'il n'atteindra sa plénitude spirituelle que lorsque toute sa vie aura été imprégnée par Dieu et qu'il aura lui-même pris en compte les pressions qui s'exercent sur son âme, 'les passions'.

L'avancée vers la sainteté a donc quelque chose de redoutablement terre à terre. Peu importent les extases, les prouesses d'abnégation, les gestes héroïques: l'essentiel est de faire ce qui est à faire.

Un frère demanda à un Ancien: «Que ferai-je? Mes pensées me tourmentent en me disant: Tu ne peux ni jeûner ni travailler, du moins va visiter les malades, c'est là une œuvre de charité». [Reconnaissant que le diable avait jeté ses semences] l'Ancien lui dit: «Va, mange, bois, dors, seulement ne quitte pas ta cellule, sachant que la persévérance dans la cellule garde le moine dans sa régularité». Quand il eut passé trois jours il s'ennuya et, trouvant des petits rameaux de palmier, il les fendit, puis le jour suivant il les tressa. Après avoir travaillé, il dit: «Voilà encore d'autres petits rameaux, je les prépare encore, puis je mangerai». Il les prépara, puis il dit: «Je vais lire un peu, ensuite je mangerai». Après avoir lu, il dit: «Je récite mes petits psaumes, ensuite je mangerai tranquillement». Ainsi il progressa petit à petit avec l'aide de Dieu jusqu'au moment où il retrouva sa régularité. En prenant de l'assurance contre ses pensées, il les vainquit.[85]

On pourrait multiplier les exemples d'actes aussi peu spectaculaires qui pourtant mènent à la sainteté. Nous aspirons à du concret, à des engagements consistants qui soulignent la différence survenue dans notre vie et voilà qu'on nous recommande simplement d'aller de l'avant, quelle que soit la banalité de nos occupations. Cette dernière anecdote nous met en

---

[85] Anon. 1195 (N 195), p. 76-77.

garde contre notre empressement à trouver quelqu'un à aimer, quelqu'un qui serve à résoudre le problème de notre ennui et de notre peur d'être face à nous-mêmes. Il faut bien sûr répondre à tout problème humain qui se présente; les Anciens du désert sont pour la plupart absolument clairs à ce sujet. En effet, il ne s'agit pas d'une doctrine abstraite qui prônerait la supériorité de la solitude sur la charité active, loin de là. Mais il faut simplement être conscient que l'empressement à exercer la charité peut n'être que le symptôme d'un besoin personnel et non la réponse concrète au commandement d'aimer son prochain.

Revenons encore aux observations d'Annie Dillard. Elle constate que, conscients de l'étendue de la tâche – que nous aspirons tant à avoir achevée! – nous mettons pourtant en place toutes sortes de stratégies pour éviter de nous y atteler. Elle écrit: «Évitons les lieux de travail attrayants; choisissons une pièce sans vue pour que l'imagination puisse dans la pénombre rencontrer la mémoire».[86] Ainsi, demeurer dans sa cellule au désert revient à rester dans 'une pièce sans vue', un lieu où le Moi peut se rencontrer lui-même. Un autre récit anonyme décrit de manière très frappante l'angoisse de s'atteler à une tâche qu'on languit d'avoir finie, l'angoisse de se confronter avec son propre paysage intérieur, qui, à le regarder sans concession, ne semble donner aucun signe d'aménagement possible:

Un frère tomba dans la tentation et, de chagrin, il abandonna la règle monacale. Quand il voulut recommencer, son chagrin l'en empêchait toujours et il se disait: «Comment pourrais-je redevenir ce que j'étais?». Il perdait courage et ne pouvait pas recommencer l'œuvre du moine. Il alla trouver un Ancien et lui raconta ce qui lui arrivait. L'Ancien, informé de son chagrin, lui proposa

---

[86] A. Dillard, *The Writing Life*…, p. 26, notre traduction.

l'exemple suivant: «Un homme avait un champ, il le négligea et il devint inculte, rempli de joncs et d'épines. Il songea enfin à le cultiver et il dit à son fils: «Va nettoyer le champ». Son fils alla pour le nettoyer mais, lorsqu'il vit le grand nombre d'épines, il perdit courage et se dit: «Comment pourrais-je arracher et nettoyer tout cela?». Et il se coucha et se reposa durant plusieurs jours. Après cela, son père vint voir son travail; il le trouva à rien faire et lui dit: «Pourquoi n'as-tu pas travaillé jusqu'aujourd'hui?». Le jeune répondit à son père: «Dès que je suis venu pour travailler, père, et que j'ai vu le grand nombre de joncs et d'épines, j'ai été tourmenté et, à cause de cette affliction, je me suis assis et j'ai dormi». Son père lui dit: «Enfant, si tu avais fait chaque jour seulement la grandeur de ton manteau, ton ouvrage aurait avancé et tu n'aurais pas perdu courage». Il le fit et, en peu de temps, tout le terrain fut nettoyé. Il en est de même pour toi, frère; travaille peu à peu, tu ne perdras pas courage et Dieu, par sa grâce, te ramènera à ton ancien rang». [87]

Face à une tâche insurmontable, des jardiniers peu motivés reconnaîtront bien ce sentiment de découragement. De même nous sommes nombreux à éprouver cette envie irrésistible de fuir dans le sommeil quand nous sommes confrontés à ce qui doit changer dans nos vies. Les Anciens du désert auraient très bien compris cette devinette enfantine: «Comment réussir à manger un éléphant? – Une bouchée à la fois!» Toute leur compréhension de la croissance et de la guérison intérieures indique que le défi le plus rude de la 'spiritualité' est de *ne pas* fuir dans le sommeil, de ne pas faire comme si mon problème allait se dissoudre, disparaître de lui-même ou se résoudre à la faveur d'un nouvel environnement. Les livres actuels sur le développement spirituel n'offrent pas tous une démarche vraiment honnête à ce propos. Nous

---

[87] Anon. 1208 (N 208), p.80.

n'avons en effet pas tant besoin de conseils sur la manière d'échapper à l'ennui, mais sur celle d'y faire face sans trembler. Le problème n'est pas de savoir comment accueillir la vie avec joie et enthousiasme, mais comment conserver la volonté sereine de rester lucides.

Pour illustrer ce que signifie *demeurer*, voici une des images les plus parlantes qui nous vient d'un autre Ancien anonyme. À un frère aux prises avec la tentation, il conseille : « Va, reste dans ta cellule, donne ton corps en gage aux murs de ta cellule ».[88] Il faut en quelque sorte *prendre un engagement* envers soi-même, envers son environnement réel, comme s'il s'agissait d'une demande en mariage. Il faut 'épouser' la réalité plutôt que le rêve, épouser les véritables limites de sa personne et de son lieu de vie plutôt qu'adhérer à un monde magique où tout peut se réaliser selon ses désirs. Dans le monde des fantasmes, je ne suis ni fiancé ni marié à mon corps, à mon histoire – avec tout ce que cela implique pour ma famille, mon travail, mon environnement direct, les gens avec qui je dois vivre, le langage que je dois utiliser et ainsi de suite. Voilà, je pense, une manière surprenante de vivre dans toute son intensité le commandement de s'aimer soi-même véritablement. Certains auteurs chrétiens ont parfois tenté d'expliquer la révolte de Satan contre Dieu et sa chute par le fait qu'il a préféré l'idée d'un monde irréel, sur lequel il pouvait gouverner, à un monde réel où toute la gloire revenait à Dieu. C'est une assez bonne définition de l'essence du mal dont le corollaire est que toute bonté ne peut que s'incarner et s'insérer dans la réalité d'ici et de maintenant.

---

[88] Anon. 1205 (N 205), p. 79.

N'aurait-on pas là une clé pour comprendre comment Jésus a été tenté d'adorer Satan en échange de 'tous les royaumes de la terre'? Satan ne possède pas les royaumes du monde réel de manière à en disposer à sa guise; toutes les tentations de Jésus recourent à des illusions plutôt qu'à ce qui constitue le monde réel. Jésus a certes accompli des miracles durant son ministère, mais jamais ceux-ci ne servirent de substituts au dur labeur bien concret, nécessaire pour faire changer le regard des gens sur Dieu. Les miracles ne lui ont pas épargné le prix de la mort sur la croix, paroxysme de son amour. Satan voudrait que Jésus adhère avec lui au monde des illusions où causes et effets ne comptent pas. Jésus refuse, déterminé à rester dans ce désert fait de faim et d'ennui, déterminé à rester dans le monde des humains avec ses conflits et ses risques. Il refuse de manipuler les gens pour les forcer à croire car la foi est l'engagement de la *personne* et la *personne* ne vit pas dans un monde magique.

En fait, pourrait-on dire, plus que tout autre, Jésus est véritablement ce 'corps donné en gage aux murs de sa cellule', livré aux limites de ce monde. Son Corps, qui est l'Église, est 'promis' à la fin des temps, jamais vaincu par les forces de Satan. Dans ce Corps, l'œuvre de Jésus est forcément marquée par toutes les limites, les fragilités et la folie des êtres humains appelés à travailler avec Lui. Il ne renonce pas à son œuvre dans l'Église, même lorsque nous, les chrétiens, sommes méchants, stupides et paresseux. À notre grand regret, l'Église n'a pas de baguette magique! Elle n'est pas un royaume où les problèmes trouvent instantanément une solution, où des révélations spéciales répondent à nos questions et offrent des raccourcis à tous nos conflits. L'Église est avant tout et fondamentalement une communauté de *personnes,* au sens de la définition donnée plus haut. Elle est un lieu où le développement de la sainteté est lent, où la pratique toute simple de la fidélité au quotidien, assortie parfois de lassitude, doit être affrontée et bénie plutôt qu'esquivée ou dissimulée. Dans le sacrement de l'Eucharistie se révèle concrètement ce que signifie pour Jésus 'être donné en gage' à ce monde; son Corps y est présent en permanence tandis que la communauté exprime son action de grâce avec Lui et par Lui. Cette expression parlera particulièrement aux confessions chrétiennes qui mettent en réserve le pain et le vin consacrés et qui vénèrent le lieu où ils sont gardés. Quelques anciens manuels de piété catholique évoquaient le Christ de la réserve eucharistique comme «le Prisonnier de l'Amour». Ce langage désuet paraît très sentimental à certains de nos contemporains, mais il exprime clairement la foi en la fidélité de Jésus à l'égard du monde qu'il vient transformer. Le philosophe protestant Kierkegaard[89] l'exprime d'une manière encore plus absolue lorsqu'il dit que Jésus, ayant accepté la forme humaine, ne pouvait plus y renoncer, même s'il l'avait voulu. Kierkegaard reconnaît lui-même que c'est une manière insensée de parler; elle témoigne néanmoins d'une réalité importante et nous oblige à réfléchir à ce que nous faisons quand nous disons de Jésus qu'il est à la fois présent dans son Corps et qu'il est l'époux' de l'Église, sa promise.

Si l'Église est une communauté qui adopte et manifeste la manière d'agir caractéristique de Jésus, elle doit se considérer comme le lieu par excellence où 'donner son corps en gage' devient visible. Or elle vit dans un monde où parler 'd'engagement du corps' paraîtra vraiment très excentrique. Par exemple, en Occident la plupart d'entre nous sommes plus mobiles que jamais. Les changements et la diversité dans notre travail

---

[89] S. Kierkegaard, *Miettes philosophiques*: «Du moment que, par la toute-puissante décision de son amour tout-puissant, il s'est fait serviteur, il doit maintenant, emprisonné dans sa propre décision, le rester (si nous voulons parler en insensés), qu'il le veuille ou non». Ed. du Seuil, Paris, 1996

nous paraissent indispensables. Notre société s'intéresse de moins en moins à l'idéal de fidélité sexuelle et elle s'en détourne. On nous divertit avec des images intentionnellement trépidantes et étourdissantes. Dans un tel monde, on finit par considérer son corps comme une sorte d'outil dont notre volonté se sert pour obtenir délassement et satisfaction, pouvoir et épanouissement. Parfois nous buttons sur la réalité de la maladie ou du handicap qui fait voler en éclat cette image idéale – comme le fait aussi l'amour intense et désintéressé qui n'a pas sa place dans ce tableau. Même les intempéries peuvent corroder notre prétention naïve à gérer l'environnement.

Les pressions, 'les passions', sont là nombreuses et fortes. Des règles de vie sont nécessaires pour nous rappeler, à nous-mêmes et aux uns et aux autres, pourquoi le 'corps donné en gage' est une notion aussi indispensable à la croissance de l'être humain. L'Église célèbre la fidélité en bénissant le mariage, signe le plus évident des 'corps donnés en gage'. Mais elle bénit de même les vœux monastiques et la vie de solitude, également signes de promesse et de fidélité. L'Église est animée par la ronde des offices liturgiques : l'adoration, la prière quotidienne des croyants, la célébration de l'Eucharistie. Elle rassemble maintes et maintes fois les mêmes personnes, parfois difficiles à vivre ou peu intéressantes, elles qui constituent néanmoins le terreau même de sa croissance. L'Église nous presse à persévérer dans la lecture du même livre, dans la récitation du même credo, sans vouloir, nous l'espérons, nous limiter et nous contrôler ; ce faisant, elle assure notre engagement à rester à l'écoute de cette histoire inépuisable, de ce modèle de paroles et d'images données à l'infini par Dieu.

Très concrètement, l'Église peut aussi manifester sa fidélité, être signe de 'corps donné en gage' même dans une communauté qui a tant perdu qu'elle s'est anémiée, qui est pauvre et sans attrait, qui ne peut étaler ni prouesses spirituelles ni vertus ni culture pour attirer des gens avides de stimulants. L'Église reste 'corps donné en gage' dans des contextes tout sauf magiques, par exemple au cœur des villes et des prisons, dans des hameaux éloignés et dans des lieux d'implantation missionnaire difficiles. Ses pasteurs, ses fidèles, ses bâtiments sont les témoins d'un Dieu qui n'est ni las ni déçu face à ce qu'Il a créé et ils témoignent du potentiel de quiconque se trouve aux prises avec de telles situations.

En résumé, une Église fidèle à sa tâche fondamentale fait passer un message essentiel: si l'on veut rencontrer Dieu, il est vital d'accepter d'être qui on est, et de commencer à changer à partir de là. Certains pensent que les convictions religieuses doivent s'accompagner d'un sentiment d'insatisfaction et de mépris pour tout ce qui est ordinaire et matériel; ils prennent la foi pour quelque chose de poétique. Ils n'ont pas tort en ce qui concerne la poésie, mais tout poème doit se bâtir sur des expériences banales, avec les mots de tous les jours. Pratiquement toutes les grandes traditions religieuses insistent à un moment donné sur le fait que la sainteté, dans son mouvement transformateur, implique une rencontre inédite avec l'ordinaire. Le christianisme a une bonne raison théologique de valoriser ce qui est matériel dans l'ici et le maintenant: Dieu a agi précisément à travers la matérialité d'une vie humaine, Il a parlé simplement le langage de la vulnérabilité de tous. La divinité du Christ n'est pas une donnée 'interne' à son identité, mais elle est ce que toute son existence humaine, âme et corps, rend présent et sensible. C'est pourquoi dans la première Église, il était si important de *ne pas* identifier la divinité de Jésus avec son intellect ou son esprit, mais de la voir agissante dans la totalité de son être.

La foi chrétienne m'encourage à être fidèle au corps que je suis, corps qui peut être blessé, corps qui vit sans cesse dans ses propres limitations. Elle m'encourage aussi à accepter sans colère les frustrations inévitables de cette existence physique prédisposée aux vicissitudes. L'expression 'donner son corps en gage à ses murs' au sens d'une décision radicale d'être où je suis et qui je suis, ouvre à la vérité contenue dans cette sentence de amma Synclétique:

Beaucoup vivent sur la montagne et agissent comme les citadins, et se perdent. Il est possible, en vivant dans la foule, d'être solitaire par sa pensée et, en vivant seul, de vivre avec la foule par la pensée.[90]

Si la vie en solitude s'accompagne d'un déferlement de fantasmes, d'envies et de rêveries abstraites, le corps n'est pas réellement donné en gage à cette solitude. En revanche, lorsque j'ai accueilli tout simplement mon corps comme ce lieu intime où je sais que je vais rencontrer Dieu, il fait alors office d'ermitage, il est 'l'ici et maintenant' de mon humanité. Dès lors, la solitude devient possible, celle qui émane de 'ma mort au prochain', quand je m'abstiens de juger et que j'hésite à parler, attitudes observées précisément chez les Pères du désert.

La grâce nous convertit à ce qui est 'ici et maintenant'. Le prochain n'est pas une abstraction – quelqu'un à disposition pour satisfaire notre besoin d'être utile –, mais le représentant en chair et en os de l'humanité. De même, l'âme individuelle n'existe pas de manière abstraite; ce qui existe, c'est la matérialité de mon corps, de mes mots, de mes souvenirs, de mes dons et de mes faiblesses. Dans l'Évangile, l'homme de loi qui suscita la parabole du Bon Samaritain en demandant: «Qui est mon prochain?»[91] posait en fait une question très pertinente car le commandement d'aimer son prochain ne s'accomplit pas dans l'abstrait. Malheureusement, comme beaucoup d'entre nous, il avait besoin qu'on lui montre ce qui allait de soi.

---

[90] Alph. Synclétique 1, p. 299.
[91] Luc 10.29-37 (n.d.t.)

L'âme ne peut être sauvée que par le corps. Donc, seul le corps sauve l'âme! Le dire ainsi peut paraître choquant, mais, livrée à elle-même, l'âme, quelle que soit sa nature exacte, ou la vie intérieure, quel que soit le nom qu'on lui donne, n'est pas capable de se transformer. Elle a besoin des apports que seule la vie extérieure peut offrir: les interventions concrètes de Dieu dans l'histoire, perçues par des oreilles de chair, la rencontre bien réelle des croyants là où le pain et le vin sont partagés, le contact quotidien avec des personnes formidables, désagréables, impossibles ou imprévisibles dans la communauté ecclésiale ou en dehors. Tel est l'environnement qui nous est indispensable pour accéder à la sainteté d'une manière tout à fait personnelle.

Il a été dit qu'on ne devient pas saint par mimétisme. Cependant, je pense à de très saintes personnes – vous en connaissez sans doute aussi – dont la bizarrerie du comportement captive l'attention et appelle à l'imitation. Mais ce n'est pas de ces modèles dont je parle. Je ne peux devenir saint en copiant le parcours d'un autre. Comme les novices au désert, je dois d'abord observer les Anciens et apprendre de ceux qui me devancent la forme et le rythme de l'engagement chrétien. À partir de là, je dois tracer mon propre chemin et créer une vie, la mienne, jamais vécue jusque là par qui que ce soit d'autre! Au jour du Jugement, comme on le rappelle souvent, on ne me demandera pas pourquoi je n'ai pas été capable de devenir quelqu'un d'autre, pourquoi je n'ai pas été Martin Luther King ou Mère Teresa. Mais la question sera bien pourquoi je n'ai pas été Rowan Williams. Marcher vers la sainteté, c'est développer ce qu'il y a d'unique en soi et non réduire son originalité, car il s'agit une fois encore de la vocation à être des *personnes* non des *individus*.

Le désert semble informe, en particulier le désert de sable en Égypte où les dunes se font et se défont, les paysages se dissipent et ne ressemblent à rien. Pourtant, on s'y rend pour devenir quelqu'un qui se distingue de plus en plus des autres. Dans le contexte moderne, on peut trouver l'équivalent du désert dans des endroits sans âme, ces non-lieux qui nous sont familiers, des lieux dépouillés de toute identité locale, sans intérêt ni surprise, qui génèrent l'indifférence: aérogares, restaurants fast-food, centres commerciaux, tous sites conçus du sol au plafond pour des *individus* qui se contentent d'expériences toujours répétées. De tels lieux existaient sans doute déjà dans l'Alexandrie du IVe siècle. Nous qui découvrons un peu de la vie contemplative, membres d'Églises en quête de renouveau et de loyauté, nous nous devons de repérer ces lieux sans âme où vivre notre fidélité. Nous avons à identifier dans notre environnement immédiat ces endroits où refaire alliance avec notre Moi et notre corps. Comme Annie Dillard le dit à propos de l'écriture, il importe de trouver un espace assez neutre pour que la mémoire et l'imagination puissent se donner la main. Non pas un lieu dont l'austérité même susciterait de la distraction, ni un lieu dont le confort nous éloignerait de 'l'ici et maintenant', mais simplement un endroit où nous poser pour vivre en amitié avec nous-mêmes devant Dieu. Ceci vaut aussi bien pour nos recueillements quotidiens que pour des retraites ou des engagements plus conséquents. Comme le dit amma Synclétique, nous pouvons entrer en solitude n'importe où. Mais le succès de cet apprentissage va dépendre de stratégies bien pensées tout au long du processus.

Nous voici revenus au point de départ: notre vie et notre mort dépendent de notre prochain, véritable contexte existentiel qui comprend aussi ce prochain unique que je suis pour moi-même. Et je me dois de confronter en toute vérité ce Moi concret, aussi honnêtement que je confronte tout le reste. La vie de sainteté ne commence ni demain, ni là-bas, ni avec telle personne, ni dans telle Église.

Les réflexions précédentes nous amènent d'une part à reconnaître le danger de chercher une communauté chrétienne idéale – remplie de gens qui nous ressemblent! – et d'autre part à nous demander comment nous pouvons 'donner notre corps en gage' à notre communauté d'appartenance. Bien sûr, certaines crises peuvent mener à une rupture et Dieu peut parfois nous conduire ailleurs. Mais la plupart du temps, nos difficultés n'ont rien à voir avec des questions de fidélité à Dieu; elles découlent plutôt des tensions liées à une vie partagée avec d'autres chrétiens tout aussi imparfaits que nous. Quitter trop rapidement une communauté peut devenir une habitude: l'eau salée donne soif! Tôt ou tard, nous serons confrontés au défi de persévérer dans une réalité inconfortable; nous devrons alors faire face à l'instabilité intérieure qui nous incite constamment à chercher des solutions soi-disant plus simples… et qui nous éloignent du chemin difficile de la transformation personnelle.

Dans beaucoup d'Églises, les périodes de l'année liturgique sans fête particulière ou sans jeûne sont appelées 'Temps Ordinaire'. Cette façon de s'exprimer en dit long. La plus grande partie de l'année est forcément constituée de temps ordinaire. Pourtant, la totalité de ce temps a été rachetée par Jésus-Christ qui nous l'offre, et ce don rend la vie extraordinaire. Jamais le temps ne peut être strictement ordinaire puisque jour après jour nous sommes amenés à prendre part à l'histoire, à la mise en scène de l'œuvre de Dieu en Jésus. Et le secret qui permet la traversée de l'année liturgique c'est de se rappeler que le temps qui s'écoule simplement jour après jour est une merveille: c'est le temps où nous sommes inlassablement appelés à avancer et à croître par la force que Dieu nous donne et quelles que soient les circonstances. Chaque jour nous sommes là, plus ou moins intéressants, plus ou moins sanctifiés, assumant le service terre à terre de notre quotidien, au contact d'autres personnes ni plus intéressantes ni plus consacrées. Chaque jour nous décidons de reconnaître que notre vie ordinaire de gens quelconques est le matériau destiné à quelque chose d'infiniment plus grand : le Royaume de Dieu, la gloire des saints, la réconciliation et l'émerveillement. Nos décisions prennent corps dans la prière et la relation aux autres qui sont toutes deux inséparables et requièrent toute notre attention, pour qu'ensemble nous nous sachions trouvés par Dieu.

La cellule du moine est la fournaise de Babylone où les trois enfants ont trouvé le Fils de Dieu ; c'est la colonne de nuée, d'où Dieu a parlé à Moïse.[92]

Cette sentence nous aide à comprendre ce que signifie 'demeurer' dans sa cellule, donner son corps en gage et se donner en gage à lui. Le Fils de Dieu marche dans la fournaise que nous sommes, là où nous sommes. Lorsque nous commençons à découvrir le sens de la fidélité contemplative, nous reconnaissons que nous sommes dans cette fournaise. Et, très occasionnellement, à la faveur d'un imprévu, d'une rencontre inattendue, nous entrevoyons le feu, le désert qui s'embrase.

---

[92] Anon. 1206 (N 206), p. 79.

Où s'enracine l'amour de Dieu?

Questions et réponses

Nous publions quelques questions qui concluent les exposés présentés par Rowan Williams dans le cadre du séminaire John Main tenu en Australie en 2001.

Que savons-nous réellement des Mères du désert ?

En réalité nous en savons fort peu de choses, mais grâce à des sentences et des histoires, certains noms ont survécu. C'est le cas de amma Syncletique que j'ai citée. Ces femmes semblent avoir vécu dans des communautés à part. Dans les textes, on ne trouve guère d'indications qu'elles aient systématiquement vécu sous la responsabilité des ascètes masculins. Et, d'un point de vue historique, c'est regrettable, car les femmes sont en général absentes des récits traditionnels transmis par les moines. Pourtant, de toute évidence, des figures comme Syncletique ont été prises très au sérieux par la tradition masculine.

Au début du IVᵉ siècle, Méthode d'Olympe, enseignant en Asie Mineure, rédige un important dialogue qui a lieu dans une communauté de moniales; il met en scène des femmes chargées d'exposer certains aspects de la Bible, de la vie de prière et de l'ascèse. Ce texte, bien qu'écrit par un homme, suggère que les femmes maîtrisaient ces sujets et qu'elles bénéficiaient même d'une bonne audience. Plus tard apparaît sainte Macrine, sœur des célèbres Pères de Cappadoce, Basile et Grégoire de Nysse. Ce dernier écrivit une biographie de sa sœur rapportant la visite qu'il lui fait sur son lit de mort. Il y développe également un dialogue très sophistiqué, intitulé 'De l'âme et de la Résurrection', qui traite de la vie intérieure et de la nature du désir. Il est remarquable de noter que tout au long de cet écrit, Grégoire se réfère à Macrine comme à 'l'enseignante'. Donc le désert du IVe siècle n'est pas uniquement un monde d'hommes. Mais l'idée persiste qu'une femme, prenant part de cette manière à la vie ascétique, était une sorte de 'membre honoraire' masculin !

Pouvez-vous nous en dire plus sur la différence entre 'personne' et 'individu' ?

Comme je l'ai dit, je me réfère largement à l'œuvre du théologien russe Vladimir Lossky. Bien que d'autres auteurs aient travaillé cette question, il est l'un de ceux qui définit le mieux la distinction entre les deux, et ceci dans le contexte de sa réflexion sur les doctrines de Dieu et du Christ. Pour lui, le caractère unique de la *personne* est toujours un mystère qui défie toute définition. En fait, aucun mot ne saurait exprimer ce qui fait que je suis moi. Seule ma singularité, cette place que nul autre ne peut occuper que moi, parle de ma *personne*, et celle-ci ne peut être perçue que dans la relation à l'autre. Ainsi, la sphère personnelle est cet espace d'interaction entre ce qui en moi est unique, mystérieux, original et ce qui, en l'autre, est tout aussi unique, mystérieux, original. Le processus de la vraie rencontre rend chacun encore plus unique, plus mystérieux et plus original.

Pour Lossky, il est très important que l'Église soit une communauté constituée de *personnes*. Il signale à ce propos deux pièges dans lesquels on peut tomber. D'abord voir l'Église comme une communauté d'*individus* dont les membres concluent entre eux une sorte d'accord tacite, un compromis pour vivre ensemble: «Nous ne savons pas vraiment ce que nous avons en commun, mais nous nous arrangerons d'une manière ou d'une autre». Pour Lossky, (et je ne suis pas forcément d'accord avec lui) c'est l'erreur du protestantisme, – conclure un accord de manière à pouvoir se supporter. Mais l'erreur opposée, c'est de prendre l'Église pour un tout compact, indifférencié, insensible à la particularité de chacun – à ses yeux, l'erreur du catholicisme. On ne s'étonnera pas que pour lui le juste équilibre se trouve dans l'orthodoxie!

La différence essentielle entre l'*individu* et la *personne* réside dans le fait que l'*individu* sera toujours un exemple typique, un cas générique. Prenons un objet, par exemple un verre qui symboliserait un *individu* et voyons-le comme un cas-type. Il existe beaucoup de verres, mais ils ne sont que les variations d'un même thème, représentant une substance ou une nature donnée. Différents les uns des autres, ils présentent toujours des composantes communes. Lossky soutient que lorsqu'on parle de *personnes*, il s'agit d'infiniment plus que d'un cas-type. Une *personne* en Christ, une *personne* en marche vers la sainteté est infiniment plus qu'une simple reproduction; elle a sa signification, dirions-nous, dans quelque chose de moins spécial et unique qu'elle-même, mais dans le caractère exceptionnel de sa relation avec la *personne* de Jésus-Christ.

Les *individus* peuvent être reproduits et donc, d'une certaine manière, ils sont remplaçables. Les *personnes*, elles, sont irremplaçables. Souvenez-vous de la chanson 'Clémentine': «Alors, j'ai embrassé sa petite sœur et j'ai oublié ma Clémentine!» Voilà exactement ce qu'une relation entre *personnes* n'est pas! Les petites sœurs de remplacement n'existent pas! Qu'un verre se brise, un autre fera l'affaire; qu'une relation se brise, rien ne peut la reproduire. Chaque *personne* manifeste Dieu à sa façon et elle seule le fait de cette manière. La vie de Dieu est ainsi reflétée par l'ensemble des expériences particulières de chaque chrétien, par leurs réponses variées et leurs engagements propres dans la société. Lors des services de confirmation, j'aime beaucoup dire aux confirmands qu'au cours de ce sacrement, dès l'instant où j'appelle l'Esprit Saint à remplir leur vie, ils deviennent réellement capables d'offrir à leur communauté quelque chose que personne d'autre ne peut offrir. Ce qui veut dire que l'Église a besoin d'eux comme ils ont besoin d'elle.

Si le cœur est le lieu où s'enracine l'amour de Dieu, où réside le danger de se laisser guider par le cœur?

L'avertissement de abba Isidore, déroutant en apparence, contient en fait une logique. En nous prévenant du danger de nous laisser conduire par le cœur, il nous met en garde contre ce que nous *prenons* pour des intuitions 'profondes'. Croire que nous sommes à l'abri de l'erreur parce que nous sommes sincères est une piètre manière de trouver notre voie.

Par ailleurs, si nous avons vraiment accès à notre cœur profond, nous y trouvons l'écho de la Parole créatrice de Dieu. Comme je l'ai dit, chaque créature est en quelque sorte un écho même de Dieu. Lorsque nous sommes en lien avec notre être profond, nous ne trouvons pas les Dix Commandements inscrits au fond de nous, mais nous découvrons une inclination naturelle qui est constitutive de notre être même, de notre humanité. Notre tâche, sur le chemin de la croissance spirituelle, c'est de retrouver notre propre harmonie avec cet écho.

Mais nous avons tellement brouillé les harmonies, nous sommes si désespérément habitués à être 'désaccordés' que nous ne percevons plus que les fausses notes, (soit le besoin de se protéger, de se mettre en avant), lesquelles couvrent tout écho de Dieu dans le cœur. Si écouter son cœur revient à écouter davantage son ego, c'est peine perdue! Ce serait sacraliser ce qui se passe en nous. Mais, que de travail à accomplir avant de pouvoir véritablement capter la mélodie cachée.

Comment discerner la volonté de Dieu?

Quelqu'un posa la question suivante à Herbert Kelly, moine anglican bien connu: «Comment savoir quelle est la volonté de Dieu?». Il donna cette réponse savoureuse: «C'est impossible. Voilà le hic!». On serait tenté d'en rester là. Kelly a raison; dans des circonstances particulièrement complexes, nous ne savons jamais avec une certitude absolue et indiscutable en quoi consiste la volonté de Dieu. Je me souviens d'avoir été confronté à un problème pastoral particulièrement grave dans le diocèse. Je ne savais absolument pas que faire et, à la fin de la prière du soir, je dis à Dieu: «Pour cette fois, ne pourrais-tu pas me dire quelque chose…?». Je sais que la relation à Dieu ne fonctionne pas sur ce mode, néanmoins c'est ce que tous nous souhaiterions.

Qu'est-ce donc que le discernement? Placé devant différentes options, laquelle vais-je choisir pour qu'elle s'accorde avec le mode de vie propre au Christ? Laquelle donnera à Dieu le plus d'occasions de se manifester? Ces questions ne débouchent pas sur une réponse immédiate, mais elles sont le matériau brut de la réflexion. Quelle ligne de conduite peut se rapprocher le plus de la tonalité juste? Qu'est-ce qui garde les portes ouvertes à la guérison, à la réconciliation, à la création et au pardon de Dieu? Rien ne garantit que dans toute situation une seule réponse, claire et nette, s'impose. Mais le simple fait de poser ces questions, de réfléchir en cherchant à y voir clair, ouvre en nous un espace intérieur pour la vie du

Christ et l'action créatrice de Dieu. Dans la mesure où nous nous ouvrons avec honnêteté et sincérité, nous sommes déjà un peu plus au diapason avec Dieu. Et même si nous commettons une erreur, nous aurons fait notre possible pour laisser la porte ouverte à Dieu. Nous aurons quelque peu avancé dans la direction de la volonté de Dieu en lui laissant le champ libre pour sauver nos vies du gâchis causé par nos mauvaises décisions.

Pourquoi y a-t-il un lien entre 'gagner un frère' et 'gagner Dieu'?

Dans la perspective de Saint Antoine, gagner un frère ou une sœur n'a rien à voir avec le fait de l'endoctriner, de l'embrigader pour une cause qui nous tient à cœur, mais c'est ouvrir des portes qui lui donnent accès à la guérison de Dieu. En ouvrant ces portes, nous 'gagnons' Dieu parce que nous devenons un lieu où Il 'advient' pour quelqu'un d'autre, un lieu où Il se met à exister d'une manière nouvelle qui engendre la vie. Cela ne se produit pas parce que nous sommes bons et extraordinaires, mais parce que nous permettons à la bonté de Dieu et à ses merveilles de se manifester, même si nous ignorons comment. Si nous mettons de côté nos préoccupations, nos angoisses et notre égoïsme pour faire de la place à Dieu, alors nous sommes nous-mêmes davantage en contact avec la guérison qu'Il nous offre. C'est ainsi qu'en gagnant un frère ou une sœur, nous gagnons Dieu.

Existe-t-il aujourd'hui des moines comparables à ceux du désert?

Il existe différents types de déserts où résident de nombreux moines modernes. Au siècle passé, certains y sont partis seuls, d'autres y ont été conduits, chacun découvrant son propre désert. De là, tels des pierres de touches, ils révèlent à leurs contemporains les vertus du christianisme. Pensons à Charles de Foucauld ou aux Petits Frères de Jésus qui ont vécu leur vocation chrétienne, l'un dans le désert algérien, les autres dans l'anonymat d'un environnement urbain. Thomas Merton et Bede Griffiths[93] sont d'autres figures du monachisme moderne. Évoluant en marge de l'Église conventionnelle et de ses traditions, ils choisirent le désert d'une certaine exclusion. Tous deux commencèrent par se convertir au catholicisme et furent de bons moines. Puis, progressivement, ils devinrent aux yeux de beaucoup, des catholiques peu fiables, des moines peu conformes. Dans leur désert, ils durent s'habituer à un paysage aux repères extérieurs plus flous et trouver une autre 'carte topographique'. De même pour Henri le Saux, dit Abhishiktananda, un moine bénédictin conventionnel parti de sa Belgique natale en Inde où il découvrit que les pourtours de sa vie et de sa foi disparaissaient au profit d'une spiritualité plus profonde.

Je pense également à Dietrich Bonhoeffer[94] qui développa, dans le désert du couloir de la mort, une somme de réflexions impressionnantes. Ses lettres sont l'un des testaments spirituels les plus importants du siècle passé. Prenons par exemple sa lettre remarquable, écrite en mai 1944 à l'occasion de la confirmation de son filleul: il y décrit la facilité avec laquelle nos mots religieux se vident de leur sens, et comment nous avons à redécouvrir qu'ils peuvent être une force de transformation à l'échelle du monde entier. Son désert lui avait ensei-

---

[93] Thomas Merton est un moine cistercien né en France en 1915, ayant vécu en Angleterre et aux USA, auteur de nombreux livres sur la spiritualité, la politique et la littérature. Bede Griffiths est un moine bénédictin né en Grande-Bretagne en 1906. Il vécut longtemps au sud de l'Inde (n.d.t.).

[94] Dietrich Bonhoeffer, théologien protestant né en Allemagne en 1906, exécuté en 1945 pour sa résistance contre le nazisme.

gné que les mots anciens servaient encore, mais qu'ils étaient fanés, usés, fatigués, de sorte que nous ne savions plus comment en restaurer le contenu. La seule chose qui restait à faire, disait-il, était de nous impliquer dans la prière et l'action pour la justice, et d'en dire le moins possible.

Certains ont vécu aux limites du possible pour l'amour du Royaume. D'autres, comme Desmond Tutu[95], ont mêlé action et contemplation jusqu'à les transfigurer. Oui, nous cherchons les déserts d'aujourd'hui et leurs 'moines' aux marges du monde et de l'Église. Attentifs, nous tendons l'oreille pour entendre ce qu'ils disent et ce qu'ils ne disent pas. Et nous découvrons que nous ne sommes pas dépourvus de Pères et de Mères du désert!

En quoi le silence rend-il authentique?

La qualité de notre silence est un enjeu bien réel. Certains silences sont toxiques et néfastes, par exemple lorsque le silence est imposé à quelqu'un ou lorsqu'il est causé par la rancune. Le silence est empoisonné lorsque, par manque de confiance en soi, les sentiments non exprimés s'accumulent et qu'on ne peut pas davantage croire à l'écoute des autres.

Par ailleurs, le silence peut être attentif, profond, émanant de la paix plutôt que de la colère, de la plénitude plutôt que des blessures (peut-être des deux à la fois…). Lorsqu'on a été blessé, être libre de faire silence témoigne d'une liberté gagnée sur le ressentiment et la lutte pour le pouvoir. Le silence authentique est donc difficile à pratiquer mais il indique une affirmation, un grand 'oui' à vivre dans la liberté.

---

[95] Desmond Tutu, chef de l'Église anglicane d'Afrique australe et Archevêque du Cap. Prix Nobel de la Paix 1984.

Ma femme et moi avons souvent discuté de la chanson des années soixante *The sound of silence*[96] de Simon et Garfunkel. Ses paroles – «Comme un cancer, le silence se propage» – évoquent un silence terrifiant, malin, destructeur, celui des gens assignés au silence, celui des mots qui se dissolvent dans l'insignifiance; alors le mensonge et l'idolâtrie prennent le dessus. C'est l'exact opposé du silence dont nous parlons ici. Il faut savoir faire la différence!

De même, lors d'une conversation, dans une relation de formation ou d'accompagnement spirituel, il est important de savoir interpréter les silences. Certains signifient: «Je renonce, je ne sais pas que dire, que répondre, je me sens nul». Dans mon ministère, mes plus grandes erreurs me sont apparues quand mon interlocuteur a été réduit au silence, quand je lui ai donné l'impression qu'il était incapable de s'exprimer, trop dépassé et démuni pour réagir. Dans un rapport enseignant-enseigné, un silence peut signifier, de part et d'autre: «Vous semblez connaître toutes les réponses, pourquoi prendre la peine d'ajouter autre chose?».

Nous avons grand besoin de ce discernement, car dans ces mêmes situations et malgré tous ces pièges, certains silences sont justes et bons. À mes mémorables échecs s'associe le souvenir de moments précis où je savais, tout comme mon vis-à-vis, qu'il n'y avait rien à dire; et manifestement ce silence avait toute sa raison d'être.

Où s'en va l'Église?

Je crois fermement que nous pouvons faire confiance à la promesse du Christ que 'rien ne prévaudra contre l'Église' (Matthieu. 16.18). En effet, l'Église est avant tout la commu-

---

[96] Le son du silence (n.d.t.)

nauté de ceux que Jésus appelle à recevoir l'Esprit et à partager la relation qu'il a avec son Père, la Source éternelle. Jésus ne cesse de lancer cette invitation, c'est pourquoi l'Église continue à exister. Pour moi, c'est l'essentiel. Cependant, avec le temps, il me paraît de plus en plus difficile d'envisager l'avenir de l'Église sous la forme d'une seule et même institution à travers le globe; et encore moins sur la plan local. D'ailleurs dans certains endroits l'Église commence déjà à développer, pourrait-on dire, des existences parallèles sans cloisonnements, mais avec des styles et des idiomes différents qui ont entre eux une réelle interaction. Ce qui ne simplifie pas la tâche de ceux qui ont la responsabilité de superviser ces communautés! Ils doivent en effet 'orchestrer' les différences pour éviter qu'elles tournent à la compétition et à la cacophonie. Et c'est, je trouve, une partie de plus en plus importante de mon travail quotidien en tant qu'évêque.

L'Église institutionnelle peut-elle enseigner la voie de la contemplation?

Le renouvellement de l'Église se fait toujours à partir de ses marges, et non de son centre. Ce que l'Église institutionnelle peut faire est limité: les institutions ont leur propre dynamique et leurs problèmes particuliers. Le renouvellement n'est pas le résultat d'une planification centrale: c'est Saint François qui est allé voir le Pape Innocent III, et non le contraire! De même, personne n'a planifié le rôle qu'allaient jouer les moines bénédictins dans l'histoire de l'Église et de l'Europe, ni dans l'enseignement contemporain de la méditation et de la contemplation.

Les paroisses traditionnelles ont leur raison d'être, mais ce n'est qu'une des nombreuses manières d'être Église. Beaucoup de gens fidèles à leur paroisse ont des liens avec d'autres communautés et sont aussi engagés dans des réseaux qui les nourrissent et les soutiennent. Il est important que soit renouvelée la vision de l'Église, tant au niveau des structures paroissiales que des réseaux non paroissiaux. La plupart des chrétiens ont hérité d'une idée assez *fonctionnelle* du rôle de la communauté chrétienne locale : elle rassemble pour l'adoration liturgique et les sacrements y sont souvent considérés comme un devoir de routine. Il me semble que nous devons nous dégager de ce carcan et admettre qu'en dehors de la liturgie, il existe d'autres formes de rassemblement autour de la méditation de la Bible et de la prière. Ces pratiques remettent en question le modèle basé sur le seul 'dimanche matin'.

Cependant, et c'est plus difficile à exprimer, ceux qui ont la liberté d'aller ailleurs doivent continuer à se demander où se trouve l'unité de l'Église et en quoi elle consiste. Cette unité existe fondamentalement dans un regard commun vers le Christ et, par le Christ, dans le mystère du Père, célébré et rendu réel par les sacrements. Si nous croyons que notre unité vient de la façon de plonger ensemble nos regards dans un mystère et qu'à l'occasion nous nous interpellons en disant : « Regarde ! », nous pouvons peut-être admettre que l'unité qui nous réjouit n'est pas d'abord et avant tout une affaire d'institution, mais la direction dans laquelle nous nous efforçons de regarder ensemble. Bien sûr, il faut être d'accord de nous interpeller mutuellement et de nous communiquer les uns aux autres ce que nous voyons. Il y aurait plus d'espace dans l'Église pour la dimension contemplative si nous consentions à cette démarche. Si trop peu de chrétiens consentent à sonder le mystère, nous ne verrons de l'unité que son aspect fonctionnel – participation à des événements ponctuels, devoir à accomplir – et nous passerons à côté de l'élément vital et vivant de l'unité.

Que signifie cette phrase de Maître Eckhart: «Rien ne ressemble autant à Dieu que le silence?»

Le silence, c'est laisser être ce qui est. Dans ce sens, il est profondément relié à Dieu. Lorsque nous pressentons que toute parole ou tout geste porterait atteinte à l'intensité et à la beauté de l'instant, nous reconnaissons que c'est un silence propre à nous mener vers Dieu.

Dans un document datant du IIe siècle appelé le *Protévangile de Jacques*, nous trouvons une description du moment où le Christ est né. Joseph est sorti à la recherche d'une sage-femme. Marie est toujours dans l'étable. Tandis que Joseph pénètre dans le village, subitement tout s'arrête. Joseph lui-même rapporte qu'il voit un berger en train de tremper son pain dans la marmite, la main immobilisée à mi-chemin de sa bouche, cependant qu'un vol d'oiseau est interrompu en plein ciel. Pour un instant, tout se fige, puis les gestes reprennent et Joseph sait qu'à cette seconde d'immobilité absolue, la naissance a eu lieu.

Où se situe la limite entre le sacré et le profane?

Un poète gallois du IXXe siècle, Islwyn, a dit dans l'une de ses œuvres: «Tout est consacré». Nous avons tendance à voir le sacré et le profane comme des 'territoires' qui se côtoient. Mais je préfère l'image des couches superposées. À la base, tout est consacré, touché par Dieu. Comme le diraient les chrétiens orientaux, tout est enveloppé, entrelacé dans la Sagesse de Dieu. Le caractère profane apparaît lorsque la croûte de la réalité et du fantasme durcit sur cet entrelacement de vie. Je vois par exemple très clairement cet accent profane dans la publicité actuelle. Bien entendu, les agents de publicité eux-mêmes ne sont pas mal intentionnés, mais l'industrie publicitaire est une entreprise humaine construite à partir d'un ensemble d'éléments profanes manipulateurs, illusoires et superficiels. Donc la quête du sacré consiste non à chercher un 'territoire' saint, mais à rechercher ce qui se cache sous la surface.

Comment gérer 'l'acédie'?

Est-ce le temps d'une confession? Oui, l'*acédie* fond sur vous, souvent sous la forme d'une grande anxiété qui vous amène à vous demander si ailleurs, comme l'a dit Évagre, vous ne pourriez pas mieux servir Dieu? Ou bien, elle apparaît lorsque vous achevez de signer la vingtième lettre du matin, que vous avez fait le quatrième téléphone désagréable, et que vous vous dites: «À quoi bon tout ça…?». Ou encore vous sortez d'une rencontre déprimante autour du budget de l'année prochaine, vous avez juste le temps d'avaler une assiette avant de retrouver les conseillers en investissement, vous poursuivez par un conseil d'établissement scolaire quelque part, puis dans les vingt minutes qui suivent, vous vous rendez à la soirée d'installation d'un nouveau prêtre dans une paroisse… Il est clair que toutes ces choses doivent être faites, mais l'*acédie* survient quand elles ne correspondent pas à ce que vous imaginiez au moment de votre ordination. Alors on trouve bien difficile d'être saint dans de telles conditions et on se dit: «Ne serait-ce pas plus facile si…?». À ce moment-là, la seule solution c'est de s'ancrer plus profondément dans l'instant présent: prendre le temps de jeter un regard par la fenêtre, poser ses mains sur les accoudoirs de la chaise, capter ce qui est là, prendre conscience de l'épaisseur de l'instant et se dire en respirant profondément: «Je suis ici; voilà ce que je suis et voilà ce que je vais faire. Dieu est ici». Cela correspond au tressage des paniers dans le désert. Qui sait ce qui est utile à Dieu? Faire simplement ce qui se présente. Dieu me rejoint dans le moment présent et nulle part ailleurs. Dans Jean 12.26, Jésus dit: «Là où je suis, là aussi sera mon serviteur». Cela doit vouloir dire que là où je suis maintenant, en train d'essayer de servir mon Seigneur, Jésus est là. Ainsi, je suis 'avec Jésus' au Conseil Diocésain des Finances, 'avec Jésus' lorsqu'il faut gérer les conséquences pastorales engendrées par les difficultés matrimoniales d'un prêtre, 'avec Jésus' alors que j'essaie de rester calme devant cette lettre blessante qui dénonce avec colère quelque chose dont je ne suis pas responsable. Il faut trouver ce que signifie 'être avec Jésus' dans des moments comme ceux-là, car il est là, avec moi. «Là où je suis, là aussi sera mon serviteur». Ouvrir l'instant à Dieu, avec Lui me laisser attirer dans sa profondeur, voilà le seul remède efficace contre l'*acédie*.

Quel sens donner à l'éducation religieuse dans notre désert culturel?

La réponse à cette question tient à notre vision de la religion: croyons-nous qu'elle relève d'abord d'une plénitude de vie ou qu'elle consiste en devoirs et en règles? Si le rôle de l'éducation chrétienne est bien 'd'éduquer l'esprit', elle doit faire valoir, dans tous les domaines où elle intervient, la conscience de la valeur intrinsèque de chaque personne.

Sans rien faire, toute personne a sa valeur propre et n'obtient aucune 'valeur ajoutée' en multipliant ses actions. C'est à partir de là que Dieu agit en elle, crée du nouveau, opère des changements. Personnellement, je trouve l'éducation religieuse fascinante, spécialement à l'école primaire; en effet le message de la dignité de chacun s'y transmet par l'ensemble de la vie institutionnelle.[97] Il n'existe pas beaucoup de tableaux plus touchants qu'un hall d'école où trois ou quatre cents enfants, assis en silence complet, apprennent les rudiments de la méditation. Je l'ai vu et c'est donc possible! On leur avait

---

[97] Particularité du système scolaire britannique (ndt).

dit: «Vous avez juste assez d'espace pour vous asseoir et pour respirer dans la présence de Dieu». Leur valeur au repos est ainsi affirmée. Et je crois qu'une telle expérience est beaucoup plus porteuse pour la formation chrétienne que la communication formelle d'informations sur la religion. Je pense que les enfants ne peuvent pas devenir des personnes de foi s'ils n'ont pas été conduits à expérimenter leur humanité de cette manière. En tant que théologien, je dirais qu'ils ont été enseignés à expérimenter leur humanité d'êtres créés, aimés et guéris. On ne les instruira peut-être pas immédiatement en ces termes, mais c'est le point de départ de leur formation. Il est tentant de croire que l'éducation religieuse consiste à gaver les enfants d'informations. Mais ce qui éduque véritablement, c'est toute l'atmosphère de l'école ou du collège. Bien trop souvent, l'institution dans son ensemble induit l'idée qu'il faut remplir chaque instant et ne jamais perdre de temps, ce qui provoque tensions et anxiété. Dès lors les arts, la musique, le théâtre, ou même le sport, passent au second plan sauf quand il s'agit de favoriser d'autres formes de compétition. Une telle atmosphère produit une humanité rétrécie où tout *discours* sur la religion et la spiritualité ne va que produire des athées.

Qu'est-ce que les Pères et les Mères du désert auraient à dire aux jeunes aujourd'hui?

Ils leur demanderaient peut-être: «Pourquoi tout ce stress?». Ils seraient stupéfaits de voir combien notre culture valorise la rapidité. Ils leur diraient peut-être que leur besoin compulsif d'accumuler indique qu'ils se mentent à eux mêmes et méprisent leur être profond. Prendre le temps de vivre est la seule façon de devenir conscient qu'on est bien davantage qu'un *individu*. Prendre du temps, c'est laisser notre *personne* être façonnée au contact du monde dans lequel on se trouve, et par les gens qui nous entourent.

À quoi avez-vous renoncé en devenant évêque?

À toutes sortes de choses: la paix et la tranquillité par exemple! D'un côté, j'avais l'impression de devoir renoncer à une certaine innocence. Non que le monde académique soit marqué par l'innocence! Mais un évêque doit prendre des décisions claires qui peuvent être dures et blessantes. Ses positions, comme personne publique, sont souvent mal comprises. Et il ne peut s'en expliquer car, s'il le fait, il risque sérieusement de tomber dans le piège de l'autojustification.

Pour être franc, j'ai dû quitter un milieu où je me sentais plus satisfait de moi-même que ce que peuvent généralement ressentir les évêques. C'est le cadeau aigre-doux que vous réserve cette fonction. Il faut s'y habituer. Mais il est vrai que, sous diverses formes, c'est le lot de n'importe qui. L'Évangile peut nous conduire à endosser des responsabilités qui sont idéalisées par les autres, et vous n'y pouvez rien. Parfois c'est douloureux ou étouffant, mais c'est le prix à payer pour mener à bien ce ministère de pasteur et de médiateur. En devenant évêque, et plus encore archevêque, je pourrais dire que j'ai été poussé vers un degré nouveau de compréhension de mon sacerdoce.

Dans vos exposés, avez-vous été sélectif dans le choix des sentences concernant le corps?

Oui. Il est certain que l'enseignement des Pères du désert, comme toute la tradition chrétienne primitive, comprend des aspects dont certains sont profondément négatifs, par exemple le moine du désert qui dit: «Mon corps cherche à me tuer, alors je le tue». Pourtant, à travers cette pratique ascétique, les gens redécouvraient aussi l'importance cruciale du corps. Tout au long de l'histoire de l'ascétisme chrétien, cette tension va persister. Pour le chrétien, le corps n'est jamais ni neutre ni foncièrement mauvais. Il est le lieu d'un combat perpétuel. Que voulons-nous exprimer par le corps ? Un des modes d'expression de l'ascétisme passe par le corps, tout comme l'engagement dans la fidélité à son partenaire se dit à travers le corps.

Des études récentes mettent en évidence que les préoccupations premières de certains Pères pour l'ascétisme cachaient en fait l'immense importance et la valeur dynamique attribuée au corps. Il était considéré comme moyen de communication et de relation entre Dieu et le monde. Certes, le christianisme est l'héritier d'un ensemble de messages confus que nous essayons encore de démêler. Mais j'ai volontairement cherché les éléments de cette tradition souvent mis de côté ou ignorés, pour montrer combien la sagesse du désert peut nous conduire dans une direction plus positive. Car, après tout, nous sommes encore 'l'Église primitive'. Ce que nous appelons l'Église primitive est simplement l'Église naissante et nous ne pouvons pas imaginer ce qu'elle sera lorsqu'elle aura atteint plus de maturité. Bien des questions sont soulevées au contact de l'enseignement des premiers maîtres chrétiens du désert, mais elles nous orientent toutes vers un avenir où questions et réponses apparaîtront sous un jour différent, un futur où le regard contemplera Dieu en silence.

NOTES

Dans la traduction française, les sentences des Pères et Mères sont reprises textuellement des traductions publiées.

À propos de ces citations:

Un nom précédé de "Alph." et suivi d'un nombre (par ex. Alph. Antoine 2) indique que la citation provient de la série alphabétique des Apophtegmes des Pères du désert: *Les Apophtegmes des Pères du désert. Série alphabétique.* Traduction française par Jean-Claude Guy, S.J., collection "Spiritualité orientale" 1, Bégrolles-en-Mauges, Bellefontaine, 1966;

"Anon." suivi d'un nombre et d'une référence entre parenthèses [par ex. Anon. 1186 (N 186)] se réfère à la série dite "des anonymes": *Les sentences des Pères du désert. Série des anonymes,* traduction et présentation par Dom Lucien Regnault, moine de Solesmes, collection "Spiritualité orientale" 43, Bégrolles-en-Mauges, Bellefontaine, 1985 (l'indication entre parenthèses est la référence donnée ordinairement d'après les différentes collections anonymes actuellement disponibles).

TABLE DES MATIÈRES

Fondation Ouverture

Dès leur création, les Editions Ouverture ont défendu sans relâche le postulat suivant:

Seul l'Esprit,
s'il souffle sur la glaise,
peut créer l'Homme

Antoine de Saint-Exupéry

Convaincues que notre humanité a besoin de cet Esprit qui souffle, anime et vivifie, les Éditions Ouverture n'ont cessé d'offrir à un large public les œuvres d'auteurs engagés, mais jamais sectaires. Par leur activité éditoriale, elles ont eu à cœur d'accompagner quiconque cherche, au-delà de l'absurde, un sens à sa vie. Leur patrimoine intellectuel, artistique et spirituel, rassemblés depuis plus de trente ans, est désormais dans les mains d'une fondation, afin de favoriser leur rayonnement et d'intensifier leur action.

D'obédience chrétienne, œcuménique, dans le respect des différences et l'entière ouverture à d'autres tendances, cette fondation est un lieu de rencontre pour des personnes, des institutions ou des mouvements, dont les œuvres et les actes sont des réponses aux questions existentielles, éthiques, culturelles et spirituelles des hommes et des femmes de ce temps. Tenant compte, dans son action, des inéluctables crises, temporaires ou définitives (toxicomanie, sida, cancer, précarité économique, chômage, difficultés familiales ou personnelles, maladie, accident, infirmité, vieillesse, mort, toute autre situation difficile), cette fondation vise à dégager un espace humain positif et constructif, voire préventif – ouvert à la dimension de l'Esprit – lieu de parole et de dialogue, proposé à quiconque est en recherche d'un sens à l'existence.

A cet effet, elle est libre de favoriser et d'encourager, en collaboration avec d'autres partenaires, l'utilisation de toute une gamme de possibilités d'action: édition de livres et plaquettes, lieux de rencontres et d'activités créatrices, conférences, célébrations; médias: radio, TV, journaux; théâtre, exposition, concert, etc.

Fondation Ouverture

créée et instituée le 7 avril 1997

Route de Cugy / En Budron H20
CH-1052 Le Mont-sur-Lausanne (Suisse)
Tél. +41 (0)21 652 16 77 Fax +41 (0)21 652 99 02
Courriel: ouverture@bluewin.ch
Site internet: www.editionsouverture.ch

Silence et goût de miel

Sagesse des Pères et Mères du désert

achève de s'imprimer
en octobre 2008
sur les presses
de l'Atelier Grand SA
imprimeurs-éditeurs
au Mont-sur-Lausanne
(Suisse)
pour le compte de la
Fondation Ouverture